Paola Soriga
Wo Rom aufhört

Paola Soriga

Wo Rom aufhört

Roman

Aus dem Italienischen
von Antje Peter

Verlag Klaus Wagenbach Berlin

den Frauen meiner Familie

Wer wusste,
worum es ging,
muss denen seinen Platz einräumen,
die wenig davon wissen.
Und weniger als wenig.
Am Ende absolut nichts.

Wisława Szymborska

Ich werde ihn allein lieben.
Die Liebe ist eine einsame Beschäftigung.
Die erwiderte Liebe lastet auf uns Seelen,
bis sie sie zerdrückt.

Antonella Anedda

1

Seit zwei Tagen kommt niemand. Seit zwei Tagen nur das Geräusch der Mäuse und ihres Atems, das manchmal sehr laut wird wegen der Angst, und zusammengebissene Zähne, und Wasser, das irgendwo tropft. Die Lampe macht nur wenig Licht, aber das ist besser so, trotzdem schaut sie sich um, das schwache Licht und die Schatten, sie hat Angst. Sie hat Angst, von Anfang an, seit sie in dieses Erdloch gekrochen ist und die Gänge aus Puzzolanerde anfingen, tief und kalt, und auf einmal verstummten die Geräusche von draußen. Sie bekam Angst, als sie, wenige Stunden, nachdem sie in die Höhle gekrochen war, ein Geräusch von Schritten hörte, die näherkamen, und es schien ihr, als spürte sie sie in ihrem Bauch, und dann waren es die von Rita, die kaum glauben konnte, dass es ihr gelungen war, sie zu finden, und die sich erzählen ließ, was geschehen war, und erzählte, was sie und die anderen in der Zwischenzeit draußen taten, auf jenen Straßen über ihrem Kopf. Dann wieder allein, in der Höhle, einer Grotte, unter der großen Wiese.

Die Höhlen von Rom, überall Höhlen, Grotten, die unendlich lange Labyrinthe bilden, beinahe eine zweite Stadt, aber unterirdisch und im Dunkeln. Die Höhlen waren in den Jahren zuvor geheimnisvolle Orte voller Wunder gewesen, in denen man lachend herumrannte, mit den anderen aus dem Viertel. Pilzzuchten und

Pferdekarren, alles passte hinein, so groß waren sie. Und da gab es Geschichten von Kindern, die hineingegangen waren, um zu spielen, und den Weg zurück nicht mehr fanden, und die immer weiterliefen, durch die langen und dunklen Gänge. Später im Krieg waren sie Zufluchtsorte geworden, manchmal verhängnisvolle, wie die bei Tor de' Schiavi, wo alle zusammen den Tod fanden, von der Bombe zermalmt. Unterschlupfe, für die Erwachsenen und die Kinder, die sich verstecken müssen seit dem 8. September. Zu Gräbern wurden sie für andere, für all jene dreihundertfünfunddreißig Menschen an der Ardeatina, man nannte sie *le fosse*, die Gräben.

Sie fühlt, dass es bereits Nacht geworden ist, und niemand ist gekommen, jetzt hat sie vor allem Angst, dass keiner mehr kommt, dass Rita erschossen worden ist, auf einem Stuhl sitzend, mitten auf dem Feld, sie stellt sich die fremdsprachigen Befehle vor und den Himmel über ihr, luftig und hell wie immer. Das stellt sie sich vor, und Tränen laufen ihr über das schmutzige Gesicht und die schweren Gedanken, Rita erschossen oder Antonio, irgendwohin verschleppt, mit Faustschlägen ins Gesicht und Tritten überallhin. Und so verharrt sie, regungslos, stundenlang, dann denkt sie, dass alles irgendwann zu Ende sein wird, und manchmal schläft sie dabei ein, auf der Decke, die auf der Erde ausgebreitet ist.

Antonio, der sich wer weiß wo versteckt hält, in irgendeinem Keller oder an einem Ort außerhalb von Rom, wer weiß, ob er an mich denkt und weiß, dass ich hier eingeschlossen bin seit Tagen, und sie zählt sie, die Tage, indem sie Striche in den Stein hineinritzt wie die Gefängnisinsassen, sie zählt die Stunden in dem schwachen Licht, das durch ein Loch irgendwo über ihr hereinfällt, wie die Häftlinge. Es sind drei Tage, also nicht viele, doch wie viele sind es für sie, mit der Angst, die an ihr klebt. Und in all diesen Stunden denkt sie vor allem an ihn, an seine lockigen schwarzen Haare, an die großen blauen Augen unter den langen dichten Wimpern, an den Leberfleck unter seinem Mund. Sie träumt davon, ihren Kopf auf seine Schulter zu legen, seiner Liebe gewiss, sie träumt von einer Ruhe, die sie fast nicht kennt. Dann denkt sie wieder an sich selbst, an ihre Flucht durch die Straßen, als sich die Dinge plötzlich gewendet hatten und sie in die Höhle hinabstieg. Ein wenig denkt sie auch an ihre Schwester Agnese und an die anderen zu Hause, weit weg.

2

Gegen zehn Uhr vormittags haben sich die Dinge plötzlich gewendet, am 30. Mai 1944, einem hellen Morgen voller kleiner Ereignisse, die Ida wie gute Vorzeichen erschienen sind. Ihre Schwester Agnese lächelte, wie sie es fast nie an ihr sah, neue Jasminblüten prangten an dem Zweig, der bis zum Fenster reicht, und sie hatte einen süßen Traum gehabt von Mädchen auf Fahrrädern, von Scherzen an Straßen und Kreuzungen, von Geheimnissen, die im Hof dahinschwebten.

Um halb acht stand sie vor dem Beichtstuhl und wartete, bis sie an der Reihe war. Dann sagte ihr Don Pietro mit seiner heiseren Stimme, guten Tag, Ida Maria, guten Tag, Don Pietro, sagte Ida mit der heiteren, fröhlichen Stimme des blauen Himmels, der über ihr erstrahlte, auf dem Kirchplatz, zu Beginn eines Sommers, den man schon ein wenig spüren konnte, und da waren eine Kraft und ein Mut, die aus ihrem Bauch aufstiegen, so als ob die klare Luft den Kummer und die Enttäuschung forttragen könnte. Sie war froh, dass Don Pietro sie Ida Maria nannte, denn Maria war ihr Kampfname, so geläufig, dass er unbemerkt blieb und verwechselt wurde und man immer wieder fragen konnte, Maria, welche Maria? Und wenn jemand, einer der Ihren, sie Ida Maria nannte, dann deshalb, weil es etwas zu tun gab, und so wurde aus ihr Maria, eine Botin, die Botin Maria, und etwas tun, das wollte sie, das schien ihr das einzig Richtige.

Sie hätte in die Druckerei gehen sollen, um zu arbeiten, dann, um zehn Uhr, hätte sie Signor Ercole, der Besitzer, gerufen und ihr eine Tasche mit schmutziger Wäsche gegeben, damit sie sie in die Wäscherei in der Via della Palombella bringt, und alle wussten, dass das eine fixe Idee von ihm war, dass er dort ganz in der Nähe wohnte, bevor man ihn evakuierte, um die Via dei Trionfi zu bauen, und einige wussten auch, dass zwischen der schmutzigen Wäsche Papiere versteckt waren, und dass Ida Maria war, und dass Marozzi, der Sohn vom Marozzi aus der Wäscherei, der Anführer einer der Partisanenbrigaden war, die die Stadtviertel des Zentrums mit der Peripherie verbanden, schön und mutig, aber was heißt hier schön, er hat das Gesicht einer Ratte.

In der Straßenbahn, eigentlich schon an der Haltestelle, kam es ihr so vor, als ob ein Mann sie heimlich beobachtete, ihr Herz schlug schneller, ein Spion, dachte sie, jemand, der mir folgt, da stimmt etwas nicht. Der Mann stieg dann an der Via Casilina aus, bei den ersten Häusern, und sie beruhigte sich ein wenig. Der Himmel nahm die Feuchtigkeit des Flusses und des nahen Meeres auf, die der Westwind herüberbrachte, und an der Via Emanuele Filiberto stand das Tor zu Ginos Fleischerei, in deren Keller Ivano, der Vater ihrer Freundin Rita, und die anderen versteckt waren, wie immer offen, davor lief ein Hund entlang. Gino, der Fleischer, im Kampf nannten sie ihn Maulwurf, wegen des Tunnels, den er geplant hatte und den er nachts ausgrub, mit zwei oder höchstens drei anderen, um den Keller mit einem Loch in der Via Tasso zu verbinden. Sie arbeiteten still und heimlich, seit Monaten, um all die zu befreien, die in der Via Tasso eingesperrt waren, es fehlte nicht mehr viel, und niemand wusste es, und Ida fragte sich nicht, was genau sie machten.

Der Palazzo in der Via Tasso war einer von vielen gewesen, bevor die Deutschen kamen, er gehörte einer adligen Familie aus dem Zentrum, und dann, nachdem man die Fenster zugemauert hatte, damit kein Licht hereinfiel, war er zu einer Art Gefängnis geworden, einem Folterplatz, wo dauernd ein Klavier klimperte, um die Schreie zu übertönen. Seit Monaten arbeiteten sie daran, und vor allem Gino glaubte fest, sie wirklich befreien zu können.

Gino war achtzehn Jahre alt, sein Vater war aus Russland nie zurückgekehrt, und er schien keine Angst zu kennen. Sein Haus, in dem er mit der Mutter wohnte, stand links von Idas Haus, Ida aber war er von Anfang an unsympathisch, und an jenem Morgen, als sie an der Fleischerei vorbeiging, lief sie schneller, um nicht gesehen zu werden, und dabei dachte sie an einen Tag, es war noch Winter gewesen, als Gino ihr gesagt hatte, früher oder später heirate ich dich, früher oder später begreifst du, dass auch du mich willst. Er hatte ihr, Ida, ins Gesicht gelacht, ein trockenes Lachen in einem Gesicht, das ihr nie gefallen hatte, mit den Pickeln und dem etwas dümmlichen Lächeln.

Sie dachte noch daran, als sie am Kolosseum vorbeiging und dann in die Via del Plebiscito einbog, während ihr an der gegenüberliegenden Ecke ein Junge entgegenkam und ihr ohne stehenzubleiben sagte, da sind die Faschisten lauf weg, und sie sah ihn einen Moment lang an, jenen schwebenden Moment der Ungewissheit, in dem man schnell handeln muss, nachdenken konnte man später, und sie sah, dass es Giovanni war, der Sohn von denen aus der Bar an der Ecke Via di Santa Chiara, und Giovanni sagte Maria, sie holen gerade Marozzi, den Alten, Mari', dich suchen sie auch, Mari', lauf. Und Ida sagte danke, und während sie das sagte, sah sie sie kommen, die Faschisten, dort, wo die Straße anfing, es waren nur zwei, aber sie bemerkten sie und rannten los, und da rannte Ida auch, und Giovanni auf der gegenüberliegenden Straßenseite rannte ebenfalls, und ihr ging ein Gebet durch den Kopf, sie rannte bis zu den Gassen am Pantheon, immer wieder blickte sie sich um, und irgendwann kam es ihr so vor, als ob der Faschist, der ihr auf den Fersen geblieben war, zur falschen Seite abbog, und sie rannte weiter und es schien ihr, als ob er ihr wirklich nicht mehr folgte, und dann hörte sie auf zu rennen.

Sie ging langsam, mit vielen Umwegen durch enge Gassen, dann wurde sie etwas schneller, bis sie an der Basilika Santa Maria Maggiore vorbeikam, hin zur Piazza Vittorio, um dann bei der Porta Maggiore in die Straßenbahn zu steigen. In der Bahn blieb sie an der Tür stehen und sah an jeder Haltestelle aus dem Fenster, immer bereit auszusteigen, und sie fragte sich, was sie tun sollte, wenn sie mich suchen, können sie mich auch zu Hause suchen, was soll ich tun, wenn sie bis zu Marozzi gekommen sind, heißt das, dass sie auch zu Ercole gehen, auch zu mir, zu Rita und Don Pietro, was soll ich tun, ich kann zu niemandem gehen, ich kann niemanden fragen.

Sie stieg an der letzten Haltestelle in der Via Casilina aus, kurz bevor die Straßenbahn in Centocelle wieder umdrehte, und dann lief sie weiter, wieder schneller, über die große Wiese, zu einem der Höhleneingänge, sie ging hinein und fand eine Art Zimmer zwischen den feuchten Wänden, hier hatten sie und Rita zusammen gespielt, in dem Jahr, als Ida nach Rom gekommen war, auch wenn sie natürlich schon zu alt waren zum Spielen, aber sie brauchten einen Unterschlupf, und die Höhle war für sie wie ein Palast, dunkel und wunderbar. Jetzt war sie der einzige Ort, an dem sie sich verstecken konnte.

3

Als es nach zwei war und Don Pietro bemerkte, dass Ida noch nicht zurück war, ging er zu Rita nach Hause, die gerade das Geschirr abwusch, während ihre Mutter Renata nähte, sie bekamen einen Schreck, als er ihnen sagte, Ida sei heute Morgen aus dem Haus gegangen, zu Marozzi, und noch nicht zurückgekehrt. Rita hatte das Gefühl, ihr stockt das Blut in den Adern, und dann fragte sie, ob er sich schon bei Agnese erkundigt hätte, und der Priester sagte nein, sie wäre nicht nach Hause gegangen, ohne in der Gemeinde vorbeizukommen oder zumindest bei Ercole, in der Druckerei, aber auch der hat sie nicht gesehen. Dann sagte Rita, ich gehe sie suchen, und ihre Mutter fragte besorgt, aber wo? Warte wenigstens auf deinen Bruder Fausto. Aber Rita rannte los und war blitzschnell in der Via dei Castani, nicht einmal die Schuhe hatte sie sich angezogen, und während sie lief, dachte sie nach, und ihre Beine trugen sie instinktiv bis zu der großen Wiese und dem Höhleneingang, wo sie und Ida sich als Mädchen versteckt hatten, in jenem Raum zwischen den feuchten Wänden, der zu ihrem Palast wurde.

Don Pietro und Renata beschlossen unterdessen, es sei besser, Agnese zu sagen, ihre Schwester Ida kümmere sich um eine kranke Frau, deren Sohn im Krieg gefallen ist, ihr Zustand habe sich plötzlich verschlechtert und man habe einen Jungen zu Don Pietro geschickt, und Don Pietro habe Giacomino losgeschickt, um Ida aus der Druckerei zu rufen, beruhige dich Agnese, Giacomino hat sie begleitet, es sind gute Leute, das musste sein, und um noch zu Hause vorbeizugehen, war nicht die Zeit, es ist hier in der Nähe, bei den Bauern hinter dem Quarticciolo, du wirst sehen, sie kommt bald zurück, Agnese, wenn eine andere Frau gefunden ist, die sich um die Kranke kümmert. Agnese hatte einen Kloß im Hals, als sie sich Ida weit weg und allein vorstellte, sie ist doch noch ein Kind, in diesen hässlichen, düsteren Zeiten, aber sofort dachte sie daran, dass sie zu essen hat, dort auf den Feldern, wenigstens Gemüse und ein paar Eier. Sie dachte an die Zeit, als sie wirklich noch Kinder waren, und das Land und der Garten waren ihr Leben, und die Zeit und fast jeder, den die Familie kannte, Benvenuto Anedda, Carmela Pibiri und ihre fünf Töchter, aber auch die Großeltern und die Cousins. Dann dachte sie, dass sie vielleicht nicht stimmt, die Geschichte von der kranken Frau, die so plötzlich betreut werden musste, und Ida nicht einmal zu Hause vorbeischauen konnte. Sie dachte an Betto, der sich bei der Nachbarin versteckt hielt und der ihr von einem Mädchen erzählt hatte, das in der Druckerei arbeitete, das die »l'Unità« verteilte, Maria hieß sie, und sie hatte sich geweigert zu glauben, dass es ihre Schwester Ida sein könnte, doch all die vielen Zweifel in den letzten Monaten, oh mein Gott, sie war schon immer impulsiv und hatte immer Flausen im Kopf, aber sie war doch nichts als ein Kind. Wie viel Angst, wenn sie nur daran dachte. Wenn Sie es denn sagen, Don Pietro, wenn diese Frau bedürftig ist, möge Gott sie schützen, alle beide.

Agnese schloss die Tür und setzte sich wieder an die Nähmaschine, über sich selbst seufzend und über diese düsteren, schrecklichen Tage. Sie nähte die Jacke von

Marcello Saracino aus der Konditorei, weil sie am Sonntag Geburtstag feiern wollten, in diesen Zeiten können die es sich noch leisten, Gebäck und Kaffee anzubieten, und das Kleid für die Frau, das sie gottseidank schon fertig hatte. Das Nähen hatte ihr nicht die Mutter beigebracht, die mit Nadel, Faden und Fingerhut nur das Nötigste zuwege brachte, und selbst das mehr schlecht als recht, sondern die Großmutter, Großmutter Peppina, die bei ihnen lebte, seit der Großvater gestorben war, das heißt schon immer, für Agnese und ihre Schwestern. Sie erinnert sich vor allem an die langen und trockenen Sommernachmittage, als die Hitze zu groß war, um in den Garten zu gehen, und an die aufgeräumte Küche, und die Großen und die Kleinsten schliefen, wie alt war sie da, acht oder neun, und sie konnte nicht einschlafen, die Nadel vor und zurück und die Stimme der Großmutter, die leise sang und sich Strophen ausdachte, und Agnese sang den Refrain, und manchmal versuchte sie auch zu improvisieren, trallalala. Auch die Hunde schliefen, aber nicht die Zikaden, und Agnese wuchs heran und ihre Hände wurden schneller und sie wurde sicherer mit den Versen, die sie am Fluss sang, während sie die Wäsche wusch, oder im Zimmer mit dem Ofen, wenn Brot gebacken wurde.

Als sie Francesco kennenlernte, nähte Großmutter Peppina schon weniger und sang dafür mehr, und Agnese schneiderte die Kleider für sich und für die Schwestern, komplett, ohne zu wissen, ob sie sich darüber freuten, Ida zum Beispiel gefielen sie nie, sie kamen ihr altmodisch vor, auch wenn sie es nicht sagte, sie hatte es ihr nie gesagt. Als Agnese bei der Firmung der Anwaltstochter Francesco kennenlernte, fragte Ida sie am selben Abend, im Hof vor ihrem Haus, Agnese, jetzt, wo du heiratest, machst du uns ein neues Kleid? Und Agnese dachte, was für ein Frechdachs, wie egoistisch, und dann lächelte sie, denn im Grunde war Ida ja noch ein Kind.

Agnese schloss die Tür und ging zur Nähmaschine zurück, über sich selbst seufzend, und auch über ihren Mann Francesco, dem sie jeden Sonntag Blumen brachte auf den Verano-Friedhof, für seine glatten Hände und sein sanftes Lächeln, das die Bomben in San Lorenzo zerfetzt hatten, und es war noch nicht einmal ein Jahr her, und wie viel hatte sich seitdem verändert.

Und in der behäbigen Stille des Hauses sind nur ihre Gedanken, und das Geräusch der Schwalben draußen.

4

Als der Krieg ausbrach, kam es den Eltern von Ida und Agnese auf Sardinien wie ein Glück vor, dass die beiden Töchter in Rom waren, auf Rom, sagten sie, würden sie niemals Bomben werfen, auf Rom, wo der Papst ist und das Kolosseum.

Als der Krieg ausbrach, knapp ein Jahr war vergangen, seit Ida in Rom lebte, spürte sie einen starken Schmerz um Papa und Mama, die ich jetzt wer weiß wann wiedersehe, wer weiß, ob die Schiffe noch fahren, und die Briefe, wer weiß, ob sie jetzt noch ankommen. Sie bekam plötzlich Angst, dass sie sterben könnten, ohne sich noch einmal umarmt zu haben, und es mischte sich ein Gefühl von Bitterkeit hinzu, wie im Sommer vor ihrem Fortgehen, ein einziges großes Unverständnis. Seitdem waren sechs Jahre vergangen.

Am 24. Mai 1938 war Ida fast zwölf Jahre alt, ihre Haare schwarz und glatt und die Haut olivfarben, und all ihre Tage verbrachte sie im Dorf, in dem kleinen Haus mit den zwei Stockwerken, ein bisschen Land dahinter, Hühnern und Obstbäumen, dem Stall für den Esel an der Rückseite, den man nur von der Küche und der langen engen Veranda aus erreichen konnte. Davor erstreckte sich ein Hof, in den sie abends die Stühle stellten, und darum herum die der Nachbarn, die noch dazu Verwandte waren, und sie spielte mit den Löwenmäulchen, die wie farbige Ungeheuer aussahen.

Sie mochte es, wenn es Abend wurde und es doch noch hell und mild genug war, um im Hof zu sitzen und Erbsen zu schälen. Sie aus der Kiste nehmen ohne hinzusehen, lang und weich die Hülse, dann das Runde eines Samens, der zu den anderen hinunterrollt, grasgrün, und daneben das Weiß des blühenden Jasmins, sein starker Duft, der einem die Brust betäubt und einen schütteln lässt. Sie mochte es, ihren Schwestern zuzuhören, die neben ihr saßen und sich unterhielten, Eleonora, Benedetta, Ines und Agnese, die älteste, die mit ihrem Mann vom Festland gekommen war, für jene wenigen Tage, die Peppina noch blieben, Großmutter Peppina, die sagte, sie möge bitte zurückkommen, holt sie heim, ich will euch alle hier, in diesen Tagen. Benedetta und Ines zuzuhören, ihre zarten, verspielten Stimmen, wenn sie der Mutter halfen, den Tisch zu decken.

Den Mai mochte sie besonders, denn mit ihm begann der Sommer, nur dass die Sonne noch nicht wehtat und dich noch nicht so viel schwitzen ließ, unter der alten Gartenbluse, die Ärmel und den Kragen zugeknöpft, damit die Haut sich nicht verfärbte beim Ernten der Erbsen und Tomaten. Als Agnese mit ihrem Mann aus Rom zurückkam, erzählte sie von den Dingen in dieser Stadt, und Ida sah darin die Geschichte selbst und malte sich Geschichten aus, wie schön, ich kann es kaum glauben, Schwesterherz, Agnese übertrieb sicher ein wenig, mit ihrem Lächeln und den Ausrufen und gestikulierenden Händen, wie Feigenblätter im Wind, die Ida verzauberten. Aber am meisten verzauberten sie Rom und das Meer, das man überqueren musste, wie sehr würde es mir gefallen, Schwester, dieses Meer zu sehen und einzuatmen.

Agnese, die älteste, die ein Jahr zuvor einen jungen Mann aus der Stadt geheiratet hat, hochgewachsen und mit einem sanften Lächeln, hatte sich in dem Moment verliebt, als sein Blick auf sie fiel, und sie dachte, was geschieht mir, und dann ließ sie die Torte und den Rosolio-Likör fallen, die ihr die Hausherrin angeboten hatte. Der Gauner, längst ist er nichts als Erinnerung. Francesco hieß er, der junge Mann aus der Stadt, und als er kam, um die Hand von Agnese anzuhalten, der großen Schwester, dachten alle, das ist gut, ein ernsthafter, braunhaariger und kräftiger junger Mann, sogar studiert hat er. Agnese hatte nie einen Verlobten vorher, nie hatte sie ein Junge aus dem Dorf umworben, kein Blick in der Kirche oder zwischen den Hecken, im Garten, mit den Nachbarssöhnen, und dieses neue Gefühl, das sie empfand, erfüllte sie mit Freude und Schrecken. Und kurz darauf gewann Francesco eine Ausschreibung für das Ministerium und musste zum Arbeiten nach Rom, und Agnese mit ihm, kurz nach der Hochzeit, Tage und Nächte auf Reisen, weit weg vom Dorf, von zu Hause. Es war die schiere Verzweiflung, und Agnese bereute es sofort, die Braut eines Sprösslings mit den glatten Händen der Stadt geworden zu sein, und dann bereute sie es, dass sie es bereute, denn es war Sünde vor dem Herrn und vor dem Ehemann. Ein Jahr war sie nun fort, ein langes Jahr der Schluchzer, ohne sich damit abfinden zu können. Und Francescos Gesicht veränderte sich von Tag zu Tag etwas mehr, vor dieser Ehefrau, die ihm keine Kinder schenkte, die keine Mutter war, wie die Natur es vorschrieb, und Gott, und unser Duce, Agnese, unser Duce.

Das Meer, Agnese meine Schwester, erzähl mir vom Meer, und vom Geruch der Straßen in der Stadt, die Gesichter, die du getroffen hast, sind sie wie hier bei uns? Tausend Fragen wollte Ida stellen, aber sie fragte nicht, sie schwieg und hörte zu und betrachtete die Kaktusfeigen, vielleicht träume ich später. Ein Jahr war vergangen seit der Hochzeit, und Agnese noch immer ohne

Kind im Leib, vielleicht war es der Kummer, die Mutter schrieb ihr in den Briefen, beruhige dich, meine Tochter, trage dein Kreuz, und bete zur Muttergottes. Jetzt, ohne Agnese, waren sie zu acht im Haus, aber nur noch wenige Tage, denn Großmutter Peppina war im Begriff sie zu verlassen, und noch würde es viele Mädchenmünder zu stopfen geben. Eleonora war die ganze Freude des Vaters, ihm gleich in der Art und die schönste von allen, nie hätte er zugelassen, dass sie sich weiter entfernt als bis dorthin an den Straßengraben, wo sie sich vielleicht verheiraten würde. Benedetta und Ines, noch so klein. Vielleicht konnte man Ida hinschicken, um der großen Schwester zur Hand zu gehen, die allein war auf dem Festland mit dem Ehemann, so hätte Agnese wenigstens Gesellschaft, vielleicht würden Kinder kommen, und zu essen für einen mehr, die beiden allein, wo ist das Problem, sicher, sie ist noch ein Kind, aber was, Kind, wäre ich in ihrem Alter, sie könnte auch wieder zur Schule gehen, sagte Tante Aurora eines Morgens in der Küche zur Mutter, so Gott will, antwortete sie, aber sie solle es, um Himmels willen, niemandem sagen, denn das Mädchen weiß ja noch von nichts. Und die Tante empfand Mitleid für das Mädchen, das aufs Festland geschickt werden sollte, mit zwölf Jahren übers Meer, und wir werden sie nicht heranwachsen sehen.

Agnese sollte nach dem Sommer wieder abreisen, nach den letzten Tomaten, wenn die Zeit des Einmachens begann, das schwarze Tuch auf dem Kopf wegen der Trauer, wenn das Marienfest vorbei war, zusammen mit Francesco und mit Ida, die noch nichts wusste. Sie kannte das Meer nicht und stellte es sich nicht einmal vor, sie hatte es nie gesehen, an den Abenden im Hof, wenn sie Erbsen schälte, zwei Monate vor ihrem Geburtstag, am 24. Mai 1938.

5

Die Angst, seit der Krieg ausgebrochen ist, die physische Angst an sich, um den eigenen Körper, es war wegen der Bomben, explodieren zu können wie Francesco, kläglich, eingequetscht zu werden in einem Loch, wie die Leute im Bunker. Es war eine Angst, die man mit den anderen teilte, vor allem mit den anderen Frauen, dass man sich an den Händen hielt, sich umarmte und sich sagte, nur Mut. Jetzt, in der Höhle, gehört diese Angst ihr allein, und bei jedem Geräusch zittert sie, weiß nicht, wie sie die Stunden herumbringen soll. Mari', dich suchen sie auch, Mari', lauf. Sie hat Angst zu sterben, mit ihren achtzehn Jahren. Sie hat Angst, jetzt, vor dem Schrei des Körpers, der Schmerz empfindet, und sie findet keinen Halt.

Sie hat Angst, dass keiner mehr kommt, dass Rita erschossen worden ist, Antonio irgendwohin verschleppt, mit Faustschlägen ins Gesicht und Tritten überallhin.

Sie hat gesehen, wie sie direkt ins Gesicht schossen, sie hat gesehen, wie sie Männer auf Lastwagen fortbrachten, und die Juden, ins Ghetto, die Frauen und Kinder, sie hatten sie festgenommen und erschossen, sie hat gesehen, wie sie Micol wegbrachten, meine Freundin. Und dann waren da die dreihundertfünfunddreißig in den Gräben, und von vielen weiß man noch nicht einmal die Namen. Als man sie gefunden hat, ist sie mit Agnese hingegangen, wie viele, eine Prozession, aus allen Vierteln kamen die Mütter, die Väter, die Kinder, seitdem man wusste, dass es an der Via Ardeatina Gräben voller Leichen gab, die Toten einer über dem anderen, hunderte, und sie haben eine Bombe gezündet, um den Eingang zuzustopfen, und sie haben den Müll darüber aufgeschüttet, um den Gestank zu überdecken, aber trotzdem hat man sie gefunden, zuerst die Ordensbrüder, dann Kinder beim Spielen, sie haben sie gefunden und sind gegangen, um es zu erzählen, und jetzt, da es alle wussten, suchte man nach den eigenen Toten. Sie dachten, allein aus Centocelle seien mindestens zwanzig dort ums Leben gekommen. Agnese sagte, was sollen wir dort, uns fehlt niemand, es wird nur eine Qual, was machen wir hier, was willst du sehen. Wir müssen hingehen, sagte Ida, wir müssen es sehen, ich weiß nicht warum, wir müssen hingehen. Und dann davor, von Weitem, sah man die Raben, hörte man die Raben, die Schreie der Raben, und die Erde war feucht und weich und da waren Knollen, Knollen, die die Erde bedeckten und ihren üblen Gestank, und Ida schaffte es nicht hinzugehen, sie musste sich übergeben. Und Agnese hielt sie an den Schultern, und dann gingen sie nach Hause, schweigend, Hand in Hand.

In der Höhle singt sie leise vor sich hin, um wenigstens ihre eigene Stimme zu hören, um nicht wieder einzuschlafen, um sich ein bisschen Mut zu machen. In den Stunden der Reglosigkeit nisten sich die Erinnerungen ein, die Gesichter der Menschen, die sie liebt. Die Mutter, wenn sie all das wüsste, Mama, wenn ich dich umarmen könnte, Mutter, die du an der frischen Luft sitzen und einen Rosenkranz beten wirst für mich und deine anderen Töchter. Nie dürfte man fortgehen, wenn man im Unfrieden ist. Ich aber, die Dinge, die ihr mir gesagt habt, wie ihr mich behandelt habt, noch hat sich der Knoten in meinem Leib nicht gelöst. Wie beim

Geburtstag im letzten Sommer, Ida hatte eine schmerzliche Wut gegen die Mutter empfunden, schmerzlich und stumm, aber schon fehlte sie ihr und sie wusste, wie sehr sie ihr noch fehlen würde.

Am 24. Juli 1938, am Abend ihres Geburtstages, betrachtet Ida sie, während sie ein wenig Minze in die Soße gibt und sie abschmeckt, der Duft dringt zu ihr, es ist der des Sommers und ihre Mutter ist wunderschön. Da ist ein Schweigen zwischen ihnen, so zähflüssig wie die Soße, Ida fasst sich an die Nasenspitze und hält die Tränen zurück, ein offener Hahn, hat ihr Benedetta gesagt, dreh den Hahn ab. Sie denkt an die Abreise und verdrängt die Sehnsucht nach der Mutter und dem Haus. Es ist sowieso schon alles anders. Es ist sowieso schon alles kaputt. Letztes Jahr um diese Zeit hast du mir eine Ricotta-Torte gemacht und gelächelt. Letztes Jahr war alles anders. Jetzt sagst du mir, ich soll vorsichtig sein. Wenn man groß ist, ändern sich die Dinge. Letzten Sommer rannte ich barfuß inmitten einer Bande von Kindern, Mädchen und Jungen, stundenlang spielten wir nach der Arbeit.

Die Dinge kamen ihr ganz anders vor. In einem Jahr hatte sie viel Neues kennengelernt, anderes hatte sie vergessen, die Spiele, den kurzen Rock und die Kniestrümpfe, auch in die Schule ging sie nicht mehr. Unbekannte Wallungen in ihrem Unterleib und im Herzen, die Entfremdung von den Schwestern, den Eltern, von Gott. Vielleicht war etwas davon schon vorher gekommen, zusammen mit dem Blut und den Haaren an den Beinen, aber jetzt war die Grenze klarer und der Schmerz größer.

Das hatte viel mit dem Lehrer zu tun, seit sie nicht mehr zur Schule ging, weil sie zu Hause zu viele waren und gearbeitet werden musste, er aber sagte, es ist schade, Signor Anedda, es ist wirklich schade, dass Ihre Tochter aufhört zu lernen.

Ein Jahr zuvor, in der ersten Klasse der Mittelschule, es waren die ersten, schleppenden und traurigen Monate des neuen Schuljahres, und die traurigen und schleppenden Monate des Herbstes, aber wenn er die Klasse betrat, schien der Sommer ein wenig zurückzukehren. Der Sommer war immer Heiterkeit, etwas, das lebendig macht und dich rettet, wie eine Hängebrücke zwischen den beiden Jahreshälften.

In der Schule war sie aufmerksam und schnell, es machte ihr Spaß, all die Dinge zu lernen und die italienische Sprache, aber in jenem Jahr war er das Wertvollste von allem, in der Schule fühlte sie sich wohl und stark, und außerhalb reizbar und störrisch. Der Lehrer war der Grund dafür, dass sie sich wohlfühlte und stark, und in diesen Momenten fand sie sich sogar schön. Es kam ihr so vor, als machte sie sein Unterricht jeden Tag ein bisschen größer und fertiger für das Leben, für das Leben, das sie sich vorstellte. Er fing an, ihr Bücher auszuleihen, willst du das lesen? Und sie war stets Feuer und Flamme, immer las sie es und dann gab sie es ihm zurück und sie sprachen ein paar Minuten darüber, es war etwas ganz Neues für sie, es gibt niemanden wie ihn auf der ganzen Welt. Die letzten Schultage in jenem Jahr, die für sie die letzten überhaupt sein sollten, waren eine Befreiung für alle, für Ida aber waren es die grauesten und traurigsten Tage, die sie je erlebt hatte.

Im Oktober, ihrem ersten Oktober ohne Schule, es war ein regnerischer Abend, kurz vor dem Abendessen, klopft es an der Tür und der Vater sagt immer herein, und sie, beim Klang der Begrüßung, zuckt zusammen und fängt plötzlich zu schwitzen an, als sie seine Stimme erkennt. Guten Abend, Signorina Ida, guten Abend, kommen Sie herein, Herr Lehrer, sonst werden Sie nass, kommen Sie zum Feuer, möchten Sie ein Glas Wein? Und der Lehrer bot an, einmal in der Woche zu kommen, um mit Ida zu lernen, sodass sie, wenn sie einverstanden waren, nicht ganz mit der Schule aufhören musste, denn ganz im Ernst, Signor Anedda, Ihre Tochter ist intelligent und begabt, wenn ich Ihnen das sagen darf. Und sie waren immer zufrieden und auch stolz auf diese Tochter, die so gut war in der Schule, die einzige bislang, und auch ihnen tat es leid, sie herausgenommen zu haben, aber für Sie sind es zu große Umstände, Herr Lehrer, und wir können Sie nicht bezahlen. Für mich sind es keine Umstände, es ist eine Genugtuung, entgegnete er, während er zusah, wie das Holz im Kamin in Flammen aufging.

So kam Ida einmal pro Woche etwas früher aus dem Gemüsegarten zurück und öffnete die Hefte und Bücher vor ihm und der Mutter, die immer etwas zu tun fand im Wohnzimmer oder die kleinen Schwestern zum Spielen hineinschickte. Eine Möglichkeit, den Lehrer zu bezahlen, fanden sie dann immer, eine Kiste Orangen und Mandarinen, Artischocken und ein Huhn. Und sie lebte nur in der Erwartung dieser Abende. Bis Weihnachten ging das so weiter, aber dann, eine Entschuldigung, und der Unterricht wurde abgebrochen. Wenige Blicke hatten der Mutter genügt, um zu begreifen, was in den Augen ihrer Tochter lag, und in aller Eile überzeugte sie ihren Mann, dass Ida die Stunden, die sie vor den Schulheften verbrachte, viel besser dazu nutzen sollte, sich um Großmutter Peppina zu kümmern, die inzwischen nicht mehr aufstehen konnte. Der Vater sagte, Schluss, Herr Lehrer, es tut uns leid, aber wir können das nicht mehr. Ida aber wusste, dass es sein Lächeln war und die leicht träumerische Atmosphäre in seiner Gegenwart und in all den Tagen danach, die das Missfallen der Eltern erregt hatten.

Als es mit dem Unterricht vorbei war, fühlte sich Ida wie leer, und immer weiter weg von Vater und Mutter, die über sie hinweg über ihr Leben entschieden, so als ob ich niemand wäre. Ein paarmal kam der Lehrer noch, um ihr Bücher und Notizen zu bringen, aber die Mutter richtete es immer so ein, dass Ida nicht dabei war und er mit dem Vater im Wohnzimmer vor dem Kamin blieb, während sie ihnen Kaffee und Schnaps brachte, und dann versuchte Ida auf jede nur mögliche Weise, von der Küche aus zuzuhören. Wenige Worte drangen zu ihr, aber die Stimme, die Stimme erreichte sie, und beinahe genügte ihr das, um sie mit Freude zu erfüllen, die auch wehtat. In der Nacht stellte sie sich vor, wie es ihr gelingen könnte wegzugehen, um weiterzulernen und über ihr Leben zu bestimmen, aber nicht so, wie es ihre Schwester Agnese getan hatte, sondern ohne zu heiraten, es muss eine Möglichkeit geben, allein wegzugehen.

Dann kam jener Tag im Juni, die Schreie und die Ohrfeigen und die Scham.

Und jetzt, wo sie im Begriff ist abzureisen, warum dieser Duft nach Soße und Minze, der die Dinge so versüßt? Sie möchte sie umarmen, ihre Mama Carmela mit dem müden Gesicht, das bald weit weg sein wird und sie weiß nicht für wie lange. Vor ihr liegt ein Sommer, der ihr wie eine Brücke zur anderen Seite des Meeres vorkommt. Vor ihr liegt eine Reise, die alles verändern wird, all die Geschichten, die sie sich, über die Tomatensträucher gebeugt, ausgedacht hat, oder im Bett vor dem Einschlafen, in jenen Nächten, in denen der Schlaf erst nicht kommen wollte, und dann träumt sie, dass ihr die Zähne ausfallen. Glasklar dann der Gedanke an Rom, das ihr wie eine Rettung scheint, am Abend des 24. Juli 1938 – Rom, wo bestimmt alles anders sein wird.

6

In Rom ist sofort alles anders, das Auto, das sie nach Hause bringt, in das Viertel mit den niedrigen Häusern und dem Garten und den schmutzigen, dörflich anmutenden Ecken, der großen Wiese, kurz bevor sie da sind, und dem starken Geruch nach wildem Fenchel. Diese große Straße heißt Via dei Castani, siehst du, Ida, auf der einen Seite die Kirche, auf der anderen die Piazza, und jetzt gehen wir nach Hause, in die Via dei Pioppi, wir richten uns ein und dann gehen wir spazieren. Das Haus kommt ihr klein vor, aber es hat einen Garten davor, in dem Agnese Rosen und Glockenblumen gepflanzt hat, eine Mispel und einen Feigenbaum, und dahinter ist ein Stück Land, das ein Gemüsegarten zu werden beginnt, alles steht im Zeichen des Anfangs, und sie hat ein Zimmer für sich, das erste Mal, Ida hat ein Zimmer ganz für sich allein, nur wenn ein Kind kommt, Ida, dann müssen wir sehen, aber erst mal ist es deins. Im Koffer hat sie zwei Kleider, ein blaues und ein braunes, zwei Unterkleider, Unterhosen und Strümpfe, einen geblümten Schal und einen Wintermantel, den ihr Tante Aurora vor der Abreise geschenkt hat, denn es ist kalt auf dem Festland, und nie hat sie einen besessen. Sie legt alles in einen dunklen Schrank mit kleinen Schubladen. Im Zimmer steht auch ein kleiner Tisch, auf den sie das Heft legt, das sie mitgebracht hat, und das Buch, das ihr der Lehrer als Belohnung für einen Lesewettbewerb in der Schule geschenkt hat, und einen Augenblick lang erinnert sie sich an sein Gesicht, einen Augenblick lang lächelt sie fast selig.

Sie hört Agnese mit Francesco in der Küche reden, und das Geklapper von Geschirr, und sie spürt etwas in sich und auch eine Kraft, während draußen die Schatten immer länger werden und sich die Farben verändern. Das Fenster ist schmal und hoch, und Ida betrachtet es auf dem Bett liegend und erinnert sich an das des Schiffes, mit dem sie einen ganzen Tag unterwegs war, das Meer unter sich, ohne Wellengang, wenn es Wellen gibt, hatte Francesco gesagt, wirst du bestimmt nicht so lange schlafen, Signorina.

Bei ihrer Abreise nahmen Agnese und Ida den Zug nach Cagliari, der Vater begleitete sie, dann trafen sie sich mit Francesco am Hafen, und das Dunkel des Meeres war das Einzige, was Ida sehen konnte, ihr war zum Lachen zumute und sie sagte zu sich selbst, oh Ida, da ist das Meer. Als sie das Schiff bestiegen, gab der Vater ihr einen Kuss, den ersten überhaupt, denn es ziemt sich nicht, die eigenen Kinder zu küssen, es sei denn, sie sind im Begriff abzureisen. Und dann kam es ihr so vor, als ob er weinte, sie war nicht sicher, aber es schien ihr, als weinte er, und sie musste plötzlich laut schluchzen, dicke Tränen rannen ihr die Wangen herunter, und in die Begeisterung angesichts der bevorstehenden Reise mischte sich Melancholie, von der Brücke aus betrachtete sie unaufhörlich das Gesicht ihres Vaters, das erst wenige Falten hatte, und die ganz schwarzen Haare, wie wird es sein, wenn ich zurückkehre, sie werden alt, und ich werde weit weg sein.

Auf der Brücke wartete sie, bis das Schiff ablegte, und ihr Vater verwandelte sich in etwas Kleines, wie Cagliari, das ihr wunderschön und weiß vorkam, die

Burg dort oben und unten das Kaufhaus Rinascente, Cagliari, das langsam verschwand, die Via Roma mit ihren Autos Pferden Fahrrädern und den Menschen, die Bonaria-Kirche, rechts, und die grünen Hügel, hinter denen der Strand von Poetto verborgen lag. Sie wollte auf der Brücke bleiben, solange man das Land sehen konnte, mit dem Wind unterm Rock und der Feuchtigkeit des Meeres, die die Haare am Kopf kleben lässt. Agnese fror, komm schon, lass uns hineingehen, aber sie wollte sich nicht von der Stelle rühren, sie wollte sehen, wie sich die Insel immer weiter entfernte. Sie dachte an die Schule, an den Erdkundeunterricht, an die anderen Inseln, die von anderen Meeren umspült werden, an die griechischen Inseln, die sie im Atlas betrachtet hatte, eine neben der anderen, und die Archipel heißen, sie dachte, dass es anders sein muss, dort mitten auf dem Meer zu leben, zwischen jenen Inseln, die sich ins Gesicht schauen und sich weniger einsam fühlen müssen. Plötzlich wurde sie selbst von einem Gefühl der Einsamkeit ergriffen und sie sagte Agnese, ich habe Hunger, lass uns hineingehen.

Im Schiffsinneren waren Stimmen und die Geräusche des abendlichen Essens zu hören, das man von zu Hause mitgebracht hatte, nun auspackte und miteinander teilte, auch wenn es noch nicht an der Zeit war, Korbflaschen mit Wein und gekochte Bohnen, Sardisches mischte sich mit Italienischem. Francesco sprach mit Männern, deren Frauen schweigend danebensaßen, und Ida wusste nicht, wer sie waren, und ihre Schwester trat an sie heran und sie setzten sich neben sie und fingen an miteinander zu reden, und Ida hätte mit allen sprechen wollen, von allen wissen wollen, wohin sie fuhren und warum sie abreisten, sie hätte sagen wollen, für mich ist es das erste Mal, und sich stolz fühlen.

Den Geruch des Schiffes und die Feuchtigkeit des Meeres meint sie noch wahrzunehmen, als ob sie schwankte, auf dem Bett in ihrem neuen Zimmer in der Via dei Pioppi, und dann ruft Agnese sie, das Essen ist fertig.

7

Den Geruch und die Feuchtigkeit des Meeres meint Ida auch manchmal in der Tiefe der Höhle wahrzunehmen, die Haare kleben wie damals, als sie, auf der Schiffsbrücke stehend, der Insel nachblickte, die sich immer weiter entfernte. Auch die Einsamkeit gleicht der von damals. Oder der, die sie empfand, als Antonio aufgehört hat, ihre Nähe zu suchen, und als Micol verschwunden ist. Manchmal fühlte sie eine große Leere tief im Bauch, die sich langsam mit den Tagen füllte.

Der Morgen, an dem Antonio sie an der Straßenbahnhaltestelle von fern begrüßte, so als würde er sie nur flüchtig kennen, danach wollte sie nur noch ins Bett, nur schlafen, sich vorstellen oder träumen, ihn wieder nah bei sich zu haben, wirklich nah, wie er es nie gewesen war. Die Einsamkeit, wie damals, auf Sardinien, als ihr am letzten Schultag in der ersten Klasse der Mittelschule mit aller Macht bewusst wurde, dass sie nie wieder in diese Schule zurückkehren würde, zu ihren Klassenkameraden, zu diesem Lehrer, den Heften und Büchern und Zeichnungen. Oft ließ sie es zu, dass ihr die Dinge, die sie nicht besaß, einen so großen Schmerz verursachten, dass sie darüber alles andere vergaß, all das Schöne und Intensive, das es in ihrem Leben gab. Und sie verzieh es sich nicht, denn sie wusste, dass man glücklich sein soll über das, was man hat, und dennoch kränkt es sie fast, wenn es Menschen wirklich schlecht geht. Die laute Stimme ihres Vaters war es, die ihr das immer wieder eintrichterte, denn er ertrug es nicht, wenn sie sich ihrer eigenen Mutlosigkeit und dem Fluss der Tränen überließ.

Eigentlich hatte sie immer Vertrauen in das, was kommen würde. Jetzt in der Höhle stellt sie sich den Tag vor, an dem sie hinaustreten wird, sie stellt sich haarklein jedes Gefühl vor, das sie mit den anderen teilen, jedes Wort, das sie mit ihnen wechseln wird, wenn der Krieg vorbei ist, die Blicke, und die Sätze, die sie Antonio sagen wird, wenn er sie eines Tages will. Sie hatte es in sich, dieses Vertrauen, Jahre vorher schon, in dem Zimmer, das sie mit ihren kleinen Schwestern teilte, während sie sich vorstellte, wie Rom sein würde, wie sie selbst sein würde als Erwachsene. In dem neuen Zimmer in Agneses und Francescos Haus in Centocelle bewahrte sie tief in sich das Vertrauen, dass es ihr Tage voller Begeisterung und Freude bringen würde, das Meer überquert zu haben und nun das Viertel und die Stadt kennenzulernen.

Wieder zur Schule gehen, zu wissen vor allem, dass sie bald wieder zur Schule gehen würde, war etwas, das jede Einsamkeit und Trennung aufwog. Sie wusste, dass sie Francesco dankbar sein musste, weil er für ihren Lebensunterhalt aufkam und sie zur Schule gehen konnte und nicht arbeiten musste, und sie hoffte, ihm das alles eines Tages zurückgeben zu können. Als Gegenleistung tat sie alles im Haus, was sie konnte, aber es gab nicht allzu viel zu tun, jedenfalls nicht, solange kein Kind da war. Das Haus von Agnese und Francesco kam ihr so klein vor, in wenigen Stunden räumte sie es allein auf und putzte, während sich Agnese um die Wäsche und dann um das Mittagessen kümmerte. Mit dem Garten war sie sogar noch schneller fertig. Noch hatte sie nicht einmal Hausaufgaben, da die Schule am ersten Oktober beginnen würde, und es war ja gerade erst September. So hatte sie in diesem Jahr fast zwei Monate Ferien. Die ersten ihres Lebens. Nie zuvor hatte sie Tage erlebt, die nichts zu tun hatten mit der Arbeit in Haus und Garten, dem Schwesternhüten und der kranken Großmutter.

Kaum hatte sich Ida mit dem Viertel vertraut gemacht, begann Agnese sie loszuschicken, Kohlen zu kaufen oder Seife, in der Via Tor de' Schiavi, und jedes Mal machte sie andere Umwege, um neue Straßen kennenzulernen, sich umzusehen in dem neuen Viertel, als sei es ein Land, das gerade erst entstand, mit seinen unfertigen Häusern und den Maurern, die mit nacktem Oberkörper und schweißtriefend auf ihre Beine starrten, von den Gerüsten herab. Den Frauen zuhören, die sich von Fenster zu Fenster zuschrien, in verschiedenen Dialekten, die sich mischten. Bis in die Via Prenestina gelangen und sich fragen, was am Ende, ganz am Ende dieser Straße sein mochte. Die noch warmen Nachmittage kamen ihr unendlich lang vor, sie schlief viel und die Träume waren sehr wirklich, aber wenn sie erwachte, erinnerte sie sich nicht. Oft träumte sie, im Kreis zu laufen mit einem Korb Eier in der Hand, und es war ihr, als hätte Tante Bernardetta ihr diesen Korb gegeben, und der Kreis, in dem sie lief, wurde immer kleiner und ihre Schritte immer schneller, und immer schneller fielen die Eier aus dem Korb und machten ein Geräusch, das klang wie ein Tock, und dann erwachte sie plötzlich wie nach einem Albtraum.

Es gab Vormittage, an denen sie mit Agnese auf den Markt bei der Kirche ging, und was auch immer sie dachte, es beschwingte sie, zwischen den Ständen umherzugehen, zwischen Tomaten und Weintrauben, Selleriestangen und Möhrenbunden, der Geruch nach Fisch und

Basilikum, das Weiß vom Käse, und sie erinnerte sich an den Dorfmarkt, die Schreie der Verkäufer, seht her, Tomaten, Zucchini, und hier, welch schöne Artischocke, und die Myrtenbeeren im November, die, wenn man sie knabberte, die Lippen lila färbten, und wie schön war es, mit meiner Mama einzukaufen, zuzusehen, wie sie die Melonen aussuchte, während ich die Einkaufstasche hielt.

Nach einigen Wochen fing sie an, allein zur Wasserstraße, der Marrana, zu gehen, um Wasser zu holen. Wenn man nachmittags zur Marrana ging, fand man da alle Kinder des Viertels, aber das wusste sie noch nicht, in diesen ersten Tagen, in denen alles in jenes seltsame Licht des Anfangs getaucht war, das sie nicht mehr vergessen sollte. Von Zuhause in der Via dei Pioppi bis zur Marrana war es ein Katzensprung, am Ende der Straße, vorbei am Aquädukt, war sie sofort da. Das Aquädukt mit den hohen, jahrhundertealten Wänden berührte sie und rief ihr ins Gedächtnis, dass sie in Rom war, in Rom, denn hier hat die Geschichte stattgefunden, und mit Freude erfüllten sie der Himmel über ihr und der ungepflegte Rasen unter ihr. Auf die andere Seite der Marrana ging sie nie, da sind die Baracken, hatte man ihr gesagt, da leben Leute mit schlechtem Ruf. Jedes Ding verglich sie mit dem, was sie verlassen hatte, den Himmel den Rasen das Wasser das Essen die Menschen, die sie traf, und immer empfand sie Heimweh, aber alles hier schmeckte irgendwie nach Freiheit. Und nach Einsamkeit schmeckte es, aber die kannte Ida noch nicht.

Besonders abends langweilte sie sich, in jenen Stunden nach dem Abendessen im Sommer, in denen sie immer auf der Straße gespielt oder an der frischen Luft auf Stühlen gesessen und sich unterhalten hatten.

Francesco ging in irgendeine Bar, und sie blieben zu Hause, und auch Agnese langweilte sich und sprach von der Zeit, in der das Kind da sein würde, oder sie erzählte ihr von Dingen aus der Zeit, als sie noch ganz klein war. Francesco besaß eine Schreibmaschine, noch vom Studium her, und Ida hatte die Erlaubnis bekommen, sie zu benutzen, und er brachte ihr bei, wie man ein Buch abtippte, und so verbrachte sie ihre Zeit damit zu lernen, wo sie die Finger hinsetzen musste, jeden einzelnen Buchstaben, ein Blatt mit dem *a*, ein Blatt mit dem *b*, das *f* mit dem linken Zeigefinger, das *l* mit dem rechten Ringfinger, bald tippte sie ganze Sätze mit geradem Rücken und weichen Ellenbögen, sie fühlte sich wie eine Pianistin, nur dass sie Wörter mit den Fingern zauberte.

Manchmal brachte sie ganze Tage mit Warten zu, in dem Gefühl, das Leben werde erst noch beginnen. Ihre Freundinnen würden vor allem aus dem Viertel kommen, auch wenn Francesco das nicht gefiel, und Rita war die wichtigste von allen.

Rita lernte sie beim Katechismus kennen, an jenem Samstag, bevor die Schule begann, als Don Pietro sie den anderen Schülern vorstellte, zusammen mit den vier anderen Neuen, er sagte, das ist Ida, sie kommt aus Sardinien, das ist Gina, sie kommt aus den Abruzzen, das ist Giuseppe, er kommt auch aus den Abruzzen, das ist Pasquale, er kommt aus Kampanien, das ist Marina, sie kommt aus Frosinone. Wo Kampanien lag, wusste Ida, in Kampanien waren Neapel und der Vesuv, die Abruzzen und Frosinone kannte sie nicht, nicht einmal vom Namen her. Rita war mindestens einen halben Kopf größer als Ida, sie hatte große Augen und große Brüste, wie eine Frau, trotz ihrer zwölf Jahre. Sie hatte sie sofort bemerkt, in dem Raum, in dem der Katechismus stattfand, mit ihren lockigen Haaren und mit Augen, die sie geradeheraus ansahen. So haben sie sich füreinander entschieden, und Ida fand es wunderschön, sich eine Freundin aussuchen zu dürfen.

8

Rita ist in Centocelle geboren, im November 1926, in den frühen Morgenstunden, in dem kalten, zweistöckigen Haus, das der Mann mit den Brüdern für seine Frau gebaut hatte, die zwanzig Jahre alt war und Renata hieß. Einige Monate zuvor, am hundertzehnten Tag der Schwangerschaft, ging sie eines Nachmittags hinunter auf die Terrasse und wischte sich mit den Zipfeln des Taschentuchs, das sie auf dem Kopf trug, um sich vor dem Staub zu schützen, den sie überall weggewischt hatte, den Schweiß von der Stirn, gottseidank sind wir jetzt endlich fertig mit dieser Arbeit. Sie sah ihren Mann Ivano an, der gerade das harte Holz des Tisches abschliff, den er für draußen gebaut hatte, denn bei dem schönen Wetter in Rom können wir doch hier essen, und wenn es warm ist, können wir hier auch schlafen, im Garten. Renata lächelte ihm zu und war sich nicht sicher, ob sie ihm trauen konnte, diesem hübschen jungen Mann, der ein Geschenk war, mit diesen Augen, die nie auf einem Gegenstand ruhen blieben, nicht einmal auf ihr. Sie lehnte sich an den Tisch und es kam ihr so vor, als fühlte sie es, dieses Kind, das in ihr war, sie fühlte, dass es ein Mädchen sein würde. Was sie nicht wusste, war, welchen Schmerz es ihr zufügen würde, um aus ihr herauszukommen, im November, am frühen Morgen, das Mädchen, das sie Rita nannten, wie Renatas Mutter.

Großmutter Rita kam gegen zehn, mit ihrem Mann Vito und den Schwiegertöchtern. Vito hatte sich noch nicht gänzlich damit abgefunden, dieser Junge, den ich gerettet habe, ich habe ihn gerettet, und er hat mir die Tochter weggenommen, die einzige Tochter im Haus.

Ivano war einundzwanzig, die Augen immer wach, und sein norditalienischer Akzent fühlte sich für Renata im Innern wie ein Streicheln an, damals vor zwei Jahren, als ihr Vater ihn ins Haus aufgenommen und ihm geholfen hatte, Arbeit zu finden. Er war aus Bologna geflohen, monatelang hatte er angezogen geschlafen, als er sich auf dem Dachboden versteckt hielt, in den Nächten, in denen die faschistischen Trupps nach ihm suchten, und seine Mutter, die ihn anflehte, geh fort, und die Ideen verfluchte und das Ungestüm und die Wut ihres jungen Sohnes. Die Tage wurden immer düsterer, und ein Freund hatte gehört, dass sie ihn, Ivano, dieses Mal wirklich verhaften wollten. Also organisierte er seine Abreise, und Traurigkeit erfasste ihn, als er unter den Bogengängen entlangging, unter diesem grauen Himmel, der seiner war, und er wollte keinen anderen sehen. Einige Freunde halfen ihm, sie hatten entschieden, dass es besser sei, nach Rom zu gehen, in ein Viertel namens Quadraro, dort kommen die Faschisten nie rein, frag Vito Berardi.

Vito empfand Sympathie für diesen Jungen aus Bologna, der ein bisschen drollig war mit dem Fleck auf der Stirn und dem seltsamen Humpeln, er konnte gut mit Holz umgehen und hart arbeiten, sogar mit den Kindern hatte er sich angefreundet, und es kam ihm so vor, als hätte er nun ein Kind mehr, einen Sohn, er ist ein guter Junge, wir haben Glück gehabt, sagte seine Frau Rita. Die Melancholie kam noch in Ivanos Briefen an seine Mutter vor, und nach kurzer Zeit war sie ganz dort geblieben, sie war nicht mehr zu spüren an den heiteren Vormittagen, an denen er mit dem Fahrrad von der Werkstatt nach Hause fuhr. Als er reichlich ein Jahr später sagte, Vito, ich möchte Renata heiraten, gab Vito ihm eine Ohrfeige, die ein kaltes Geräusch machte und schmerzvoll in seinem Innern widerhallte. Denn er war auch stolz auf ihn, wie gut er mit Holz umging und wie er seine Tochter behandelte, die studiert hatte, um Lehrerin zu werden, sie ist das Licht meiner Augen, klug und schön, die Schönste im Viertel.

Als sie die Schule in Centocelle öffneten, ihrem neuen Viertel, gehörte Renata zu den ersten, die hier unterrichteten, zusammen mit Erminia, die doppelt so alt war und einen abscheulichen Charakter hatte, wie können die Kinder sie ertragen, und wie sie mit Raffaele Spada umging, der aus dem Süden kam, Immigranten, das sind sie, eine Schule von Immigranten und niemand spricht Italienisch. Dieses Gesetz, erklärte Renata einmal Ida und Rita, dieses faschistische Gesetz, das einem keinen Wohnsitz erteilt, wenn man keine Arbeit hat, aber dann gibt man niemandem Arbeit, der keinen Wohnsitz hat, wie sollen das die jungen Leute denn machen? Nicht einmal in die Schule dürfen sie gehen, nach diesem Gesetz. Als sich Renata den faschistischen Parteiausweis holen musste, um weiter arbeiten zu können, war es eine Tragödie für die ganze Familie, aber sie hatte auf niemanden gehört, schwanger mit Rita, bleib besser zu Hause, sagte ihr die Mutter, nur über meine Leiche, antwortete sie. Bis wenige Tage vor der Geburt ging sie zur Schule, sie ist ja hier ganz in der Nähe, zwei Minuten brauche ich von unserem Haus bis zur Schule. Und im Grunde genommen war es für Vito und seine Frau auch eine Erleichterung, dass Renata den Ausweis geholt hatte, so war es wenigstens nicht ganz eindeutig, was bei ihnen zu Hause gedacht wurde. Dante Barile, der Nachbar, weigerte sich, die fünftausend Lire anzunehmen, die ihm für die Geburt des fünften Kindes zustanden, von denen da will ich nichts haben, als er aber die Baustelle in Torpignattara hatte, musste er am Sitz der faschistischen Partei vorbei, und an einem Abend kam er mit geschwollenem Gesicht und am Hals blutend nach Hause, ein Zahn war abgebrochen, und immer sollte sich Vito daran erinnern.

Nach Rita wurde Fausto geboren, dann Annina, und alle gingen in die Schule der Mutter, denn ich denke nicht daran, sie in Erminias Klasse zu geben, der Verrückten, und keiner von ihnen betrat je eine Kirche.

9

Rita fing an, heimlich zum Katechismus zu gehen, als sie in der Grundschule im Hof des Oratoriums spielte, dann, eines Tages, sagte es jemand Ivano und Renata, das Mädchen geht in die Kirche, und Renata lachte und Ivano zitterte ein wenig vor Wut und Enttäuschung. Sie ging heimlich hin, denn sie war nicht einmal getauft, Ida schien das unglaublich, noch nie hatte sie jemanden kennengelernt, der nicht getauft war. Sie ging sehr gern zu Rita nach Hause, alle wirkten immer fröhlich, jedes Mal lachte man über Albernheiten. Unter anderem auch über Männer, Rita und ihre Mutter scherzten in einer Weise, die sie nicht für möglich gehalten hätte.

Ida und Rita gingen nun überall zusammen hin, in die Schule und in die Kirche, um Milch zu kaufen oder zur Marrana. Sie nahmen einen etwas längeren Weg und kamen auf der Höhe des Stegs beim Kanal an, wo am meisten los war, und so konnten sie mit den anderen Mädchen reden und heimlich die Jungs anschauen, die das Gleiche taten. Sie machten sich über Dario Gaggini lustig, der groß war und dick, er sah immer zu Rita hin und hatte sogar ihrem Bruder Fausto gesagt, sie seien verlobt, ach wie ekelhaft, er ist immer verschwitzt. Sie machten sich über Gino Marsi lustig, den Fleischersohn, der sich für den Schönsten von allen hielt, und in der Schule begriff er nichts. Sie lachten, wenn Rosa Saracino vorbeiging, die das Haus nicht ohne ihren Bruder verließ, und das Wasser trug immer er, klar, denn sie schafft es nicht, sie käme mit leerer und zerbrochener Korbflasche an. Trotzdem war Rosa Saracino für Ida das schönste Mädchen, das schönste im Sinne einer Schönheit, wie sie dem Geschmack der Zeit entsprach, hochgewachsen und mit Formen, die um der Form willen gemacht zu sein schienen, mit grünen, langgeschnittenen Augen unter dichten schwarzen Wimpern, und mit großen Brüsten. Das erste Mal hatte sie sie in der Kirche gesehen, am Sonntagmorgen, als sie gerade angekommen war, Rosa saß in der ersten Reihe neben ihrer Mutter, auf der linken Seite, rechts der Vater und die drei Brüder, gut gekleidet, mit blankpolierten Schuhen, war sie ihr gleich als die Schönste und Eleganteste vorgekommen, so, wie sie selbst nie sein würde. Rosa Saracino kam aus dem Süden, so viel wusste Ida, aus einem Ort im Süden, der Avellino hieß, das hatte sie in der Schule gelernt, Avellino, auch wenn sie sich nicht mehr erinnerte, wo er lag und ob es eine Stadt am Meer war oder im Landesinneren. Aber eigentlich war sie längst Römerin, ihr Vater war einer der Ersten gewesen, die nach Centocelle kamen, einer der Ersten, die ein bisschen Erfolg hatten. Sie war Römerin, Rosa Saracino, und sie sprach römisch, für Ida hörte es sich wie eine besondere Form des Italienischen an, das sie in der Schule gelernt hatte, sie verstand es ein wenig und ein wenig ging es ihr auf die Nerven, und sie wusste nie, wie sie sprechen sollte. Und immer mischte sich etwas Stolz in diesen Akzent, der sie und ihresgleichen auszuschließen schien, wie Aldo, der Sizilianer war, oder Lalla, die aus Kalabrien kam.

Aldo ging in die Grundschule und hatte fleischige, glänzende Lippen, und Ritas Mutter schaffte es nicht, ihm in der Schule beizubringen, dass *Fuß* im

Italienischen nicht gleichzeitig auch Baum bedeutet – *Baum* konnte er sich einfach nicht merken. Einmal hat er alle zu Tode erschreckt, dort, bei der Marrana, als er immer wieder sagte, wer ist im Wasser wer ist im Wasser, und alle sahen zum Wasser hin, ob da jemand ertrunken war, aber Aldo konnte einfach *wer* und *was* nicht auseinanderhalten, und im Wasser schwamm lediglich eine Blechkiste, an der sie dann ihre helle Freude hatten, denn sie war voller Zeitungen, Bilder und Geschichten, ziemlich nass, sodass sie Stunden damit zubrachten. Niemand wusste genau, wie viele Geschwister Aldo hatte, die ihm alle aufs Haar glichen, aber unterschiedlich groß waren, alle wunderschön, mit diesen Lippen, die haben einen Mund, diese Kinder, ein Gedicht könnte man drauf schreiben. Der Älteste von ihnen, Bruno, war sechzehn, als ihn vier bewaffnete Deutsche fortbrachten, er rauchte eine aus Zeitungspapier gedrehte Zigarette, auf dem Bett liegend, und landete erschossen im Graben.

Lalla war einige Jahre älter als sie und lebte bei ihrem Vater und ihrem großen Bruder, die Maurer waren, ihre Mutter war unten in Kalabrien geblieben, mit weiteren zwei Geschwistern. Lalla ging nicht zur Schule, aber Rita und Ida waren ihr sympathisch, wenn auch nicht immer, aber wenn sie sprach, verstanden sie es. Dann zogen der Vater und ihr großer Bruder in den Krieg, aber nur der Vater kam zurück, von da an sprach er nicht mehr und ging nie aus dem Haus. Lalla stellte sich nach Essen an und allem anderen, und manchmal, nach dem 8. September, kochte sie für die Jungen des Viertels, die sich im Kornspeicher versteckt hatten, sie stopfte Strümpfe und Hosen und lächelte immer.

An manchen Abenden, wenn Ida wie fast immer mit dem Fahrrad nach Hause fuhr, die Berge von Tivoli vor sich in Sichtweite, fühlte sie eine Melancholie, die ihr die Brust zuschnürte, wie so oft im Garten in ihrem Dorf, bei Sonnenuntergang unter dem großen Feigenbaum. Wenn Rita dabei war, nahm sie sie in den Arm und sagte ihr, wir werden immer Freundinnen sein, und es ist schön, sagten sie sich, unser Viertel.

10

In der Höhle singt sie leise, um wenigstens ihre eigene Stimme zu hören, um nicht wieder einzuschlafen, um sich ein bisschen Mut zu machen, nicht an die Feuchtigkeit zu denken, die ihr in die Knochen dringt, um nicht an den Geruch ihrer Haut zu denken, die sie seit drei Tagen nicht mehr wäscht. Um nicht mehr zu denken, warum tue ich das warum tun wir dies oder jenes ich müsste oder könnte irgendetwas tun.

An dem Morgen, an dem sich die Dinge gewendet haben, dem Morgen, an dem sie die Höhle gesucht hat und hineingekrochen ist, war sie überzeugt, dass es besser sei, sich zu verstecken und nichts zu tun, abzuwarten. An manchen Tagen glaubte sie das, seit alles begonnen hatte, seit sie sich mit den Partisanen zusammengetan hatte, wer hat mich dazu gebracht? Sie ging in der Höhle herum, ihre Hände berührten die Wand, und es ekelte sie, bis sie zu einer Art Verbreiterung kam, einer Art Zimmer, in das von oben, durch einen kleinen Kegel, Licht hineindrang, und hier hielt sie inne. Nach einigen Minuten, vielleicht auch Stunden, sie hätte es nicht sagen können, hörte sie kleine Schritte und ein schweres Atmen und sie dachte, das ist Rita oder ich sterbe.

Rita sagte, Ida, bist du es? Und Ida stand schnell auf und sie umarmten sich, und Rita sagte, du lebst, und sie antwortete, ich lebe, mir ist nichts passiert, aber man sagt, sie suchen mich, Rita, ich hatte Angst, ich wusste nicht wohin, ich wusste, du würdest dich an unser Versteck erinnern, es war die einzige Hoffnung. Rita nahm, wie sie es manchmal tat, wenn sie bewegt oder glücklich oder ernst war, ihre linke Hand, drückte sie zur Faust zusammen und umschloss sie mit ihrer Hand, die doppelt so groß war, und sie fühlten sich sicher und stark und vereint, Rita und Ida, wenn sie sich so bei den Händen hielten. Sie sagte, Rita, bitte, sag es vorerst niemandem, dass ich hier bin, erfinde etwas, ich habe Angst, dass sie, wenn sie mich suchen, wenn sie zu mir finden, auch zu euch finden werden, ich habe Angst um Agnese, ich habe Angst um Don Pietro, und auch um dich habe ich Angst.

Als Rita nach Hause ging, die Hitze des 30. Mai auf der Haut, mit weniger zittrigen Füßen, aber doch schnell, dachte sie, es sei noch Zeit, in der Gemeinde vorbeizugehen, zu Hause, bis zur Tor Tre Teste, bei der Bäuerin, die ihr einmal in der Woche ein wenig Gemüse verkaufte, vielleicht zwei Eier, nach langen Verhandlungen, jedes Mal, wenn sie zu ihr ging, und das Geld war immer weniger wert und das Essen wurde immer knapper. In letzter Zeit aber schob sie den ermüdenden Gedanken an den langen Fußmarsch, den leeren Korb, beiseite, mit dem Bild vom Ende vor Augen, nach all dem Krieg, alle sagen es, sie haben sie schon gesehen, auf der Via Prenestina, sie kommen, aber warum habt ihr so lange gebraucht? Das werde ich die amerikanischen Soldaten fragen. Sie bog nach links ab, den Turm hinter sich lassend, das Gras und die Erde, und die Schwalben über ihr gaben ihr Recht, und da war der Geruch nach Jasmin in der Nachmittagsluft. Sie lief und schwitzte etwas und dachte an die arme Ida, dort unten, ich hab dich so lieb, meine Freundin, es wird nicht lange dauern, das schwöre ich dir von ganzem Herzen, das Ende ist schon da, und wir werden alle auf der Straße tanzen. Sie wusste nicht, was sie Don Pietro sagen sollte und ihrer Mutter und Agnese.

Auf dem Platz vor der Kirche San Felice spielten zwei Jungen fast lautlos mit Murmeln, ciao Ri', alle beide drehten sich kaum merklich um, ciao Ni', ciao Pa', während Rita die Kirchentür öffnete. Sie setzte sich und wartete, bis eine Frau die Beichte abgelegt hatte, sie bekreuzigte sich und machte alles wie immer, wie fast immer auch entschuldigte sie sich bei ihrer Mutter und ihrem Vater und auch bei ihren Großeltern. Don Pietro schwitzte weiter im Beichtstuhl, während Sara Antonioni, deren dreißigjähriger Sohn auf dem Dachboden versteckt war, zu sprechen begann, ich habe gesündigt, Don Pietro, und er hörte ihr schweißtriefend zu und dachte an Ida und fragte sich, ob sie Marozzi geholt hatten, und er fragte sich, was mit Ivano und Signor Ercole war, ich habe gelogen Don Pietro, und es waren schreckliche Monate voller Gewalt und Übergriffe, wie viele hatten sie getötet? Auch Frauen und Alte und sogar Kinder, ich habe gestohlen, Don Pietro, Herr, gib, dass die Amerikaner bald kommen und uns retten, Herr, erlöse uns, zwei Vaterunser, Sara, und drei Avemaria, Jesus Christus aber du, was hättest du an meiner Stelle getan?

Dann betritt Rita den Beichtstuhl und sagt, dass sie Ida nicht gefunden habe, Don Pietro, ich weiß nicht mehr, wo ich sie suchen soll, wir müssen Marozzi fragen. Und während Rita das sagt, sieht sie zu Boden. Don Pietro schwitzt weiter, während er die Geschichte hört. An jenem Morgen des 30. Mai 1944. Beruhige dich, Rita, du wirst sehen, wir finden sie, es ist nichts passiert. Es ist bald vorbei, nicht wahr, Don Pietro? So Gott will, Rita, so Gott will. Mein Vater hätte gesagt, wenn die Kameraden kämpfen. Dein Vater ist ein Unglückseliger, Herr, lasse nicht zu, dass solche wie er herkommen, und jetzt geh nach Hause, Rita, heute Abend nach der Ausgangssperre schicke ich Giacomino los und wir tauschen die Neuigkeiten aus.

Es ist bald vorbei, es ist bald vorbei. Immer wieder sagt Rita sich das, wie ein Gebet, während sie nach Hause zurückgeht, dann in Richtung Tor Tre Teste, vorbei am Marrana-Kanal. Und hier erinnert sie sich daran, wie Ida hineingerutscht war, an einem Novembernachmittag, es muss Anfang des Monats gewesen sein, denn es war noch nicht kalt, im ersten Jahr, das sie hier war, sie kannten sich erst kurz. Sie war hineingerutscht und dann lachten sie, und als sie herausstieg, hatte sie Blut am Fuß, ein Glassplitter steckte darin. Rita hatte sich sehr erschrocken, aber Ida wollte nicht nach Hause zurück, weil man sie angeschrien hätte, es sei ihre Schuld, wenn sie aus Spaß so nah am Rand entlangging.

Die Signora aus Cantalice hatte sie gesehen, sie kannten nicht einmal ihren Namen, sie wohnte in einer Baracke genau gegenüber, so viele Kinder, aber dass sie aus Cantalice war, ja, das wussten sie, denn ihr Mann war Müllmann, alle kommen von dort, die Leute sind in Ordnung, sie können nur das, sie können nicht mal Italienisch, und sie waschen sich nicht, sie sind einfach so. Diese Frau hatte Ida die Wunde am Fuß gesäubert und die Kleidung auf dem Ofen getrocknet. Sie war freundlich. Sie stank nicht. Der Krieg hatte ihr einen Sohn genommen, den ältesten, er war als Soldat gestorben. Ein anderer, der jüngste, zwei Jahre alt, war durch eine Bombe explodiert, die Bombe war explodiert und er war im Hof und die Mutter hatte ihn dort gefunden, liegend, als ob er schliefe, in Wirklichkeit war ihm das Herz zerplatzt, er war im Inneren zerplatzt, verstehst du, man stirbt ja nicht an den Bomben, man stirbt an den

Druckwellen. Ein anderer war in Deutschland, in den Lagern. Eine der Töchter, ein blondes Mädchen, schlau, so hatte man Rita erzählt, sei Spionin für die Deutschen geworden, sie lebte im Zentrum von Rom, die Abende verbrachte sie im *Hotel Flora*, in der Via Veneto, sie trug Schuhe mit Absätzen und rauchte Zigaretten.

Die Frau ist jetzt draußen, auf der Straße, und stochert zwischen den Blättern eines Orangenbaums herum auf der Suche nach einer noch essbaren Frucht, sie grüßen sich, und Rita lächelt ihr zu. Es ist bald vorbei.

11

An jenem 30. Mai 1944, gegen sieben Uhr abends, trank Fausto, Ritas Bruder, eine Limonade mit Ercole von der Druckerei, in der Trattoria an der Piazza dei Mirti, Ecke Via dei Castani. Ercole erzählte ihm von Marozzi, den sie umgebracht hatten, und Fausto erzählte ihm, dass man nichts über Ida wusste. Rita, die Ausgangssperre missachtend und ohne dass es die Mutter wusste, war schon wieder unterwegs zur Höhle, um Ida ein paar Dinge zu bringen, das Wenige, das es gab, eine Brühe aus Zichorie und eine Kartoffel, für Ida, die sie am Morgen verängstigt im Dunkeln zurückgelassen hatte, in einem Gang aus Puzzolanerde. Wieder kam sie zur großen Wiese, außer Atem und mit schweißnassem Rücken.

Beim ersten Mal, an jenem Morgen, hatte Rita die Stelle inmitten der Wiese wiedererkannt, und sie stieg keuchend hinunter, voller Angst, sie könnte die Höhle leer vorfinden, ohne Ida. Ida hatte sich, als sie die Schritte und Geräusche hörte, flach gegen die Wand gedrückt, fast ohne zu atmen.

Die kleinen Dinge, seit sie erwacht war an jenem lichtvollen Morgen des 30. Mai, waren ihr wie gute Vorzeichen erschienen: ihre Schwester Agnese, die lächelte, wie sie es fast nie tat, der neue Jasmin am Zweig vor ihrem Fenster, und jener süße Traum von den Mädchen in den Höfen. Agnese erhitzte das Wasser und die Malzmischung, die ein wenig an Kaffee erinnerte, und ihr Lächeln und ihre Zärtlichkeit hatten sie überrascht, standen sie doch im Widerspruch zu dem störrischen und melancholischen Verhalten der letzten Zeit. Agnese erhitzte das Wasser und sang mit leiser Stimme in ihrer Sprache, und Ida erinnerte sich an einen Tag vor dem Krieg, im Haus von Onkel Nando, wie ihn alle nannten, auch wenn er tatsächlich niemandes Onkel war. Es war Karneval, und die Frauen bereiteten in der Küche die Süßspeisen vor, die frittiert und mit Zucker bestreut werden mussten, und sie fingen an zu singen, trallalala, und Agnese machte es am besten, zu Beginn, als ihr Trallalala von der Insel sprach, die so weit weg war und lang nicht mehr gesehen, seit wann? So weit weg die Stimmen der geliebten Menschen, der Himmel über der schönen Insel, trallalala, über dem stürmischen Meer, das man überqueren musste. Nur widerwillig sang sie aber dann den Refrain mit, in den einige andere einstimmten und über die Liebe sangen und dabei auch scherzten, mit Doppeldeutigkeiten und allem. Und Ida ärgerte sich immer ein wenig und wurde nervös, mit ihrer Schwester, die inzwischen so groß war wie die Mama, und die nie zu Scherzen aufgelegt war und der die Liebe, die Liebe, immer wie eine unschickliche und hässliche Angelegenheit vorkam.

In der letzten Zeit waren sie sich etwas nähergekommen, in ihren schwarzen Kleidern, seit Francesco gestorben war, und sie hatten arbeiten müssen, und da war der Hunger und es war viel passiert, auch wenn sie sich weiterhin nicht alles sagten.

Seit Francesco tot war, hatte Agnese, ganz in schwarz gekleidet, aufgehört, an das Kind zu denken, an ihren leeren Bauch und ihre trockenen Brüste. Ida dachte, dass die Gesichtsfarbe der Schwester, ganz weiß, gut zum Schwarz passte, aber sie dachte auch, was hat es für einen Sinn, sich so zu kleiden, und sie hatte versucht, es Agnese zu sagen, denn hier ist das nicht üblich, wir sind doch im Krieg, wir alle trauern. Aber sie zog es nicht aus, das schwarze Kleid. Und Ida, als Schwägerin, durfte zum Zeichen der Trauer nur ein schwarzes Band um den Arm tragen, und sie trug es ohne ein Wort zu sagen, fast ohne darüber nachzudenken.

An jenem Morgen, an dem sich die Dinge gewendet hatten, tranken sie schweigend ihren Kaffee, dann sagte Ida, ich gehe in die Druckerei, und Agnese fragte, was habt ihr in der Druckerei zu tun in diesen Tagen, und sie fragte das in einem Ton, ohne jeden Vorwurf, nur neugierig und sonst nichts, dass ihr Ida am liebsten alles erzählt hätte, doch dann schien es ihr doch besser nichts zu sagen, sie küsste sie und ging.

In der Straßenbahn, als sie zu Marozzis Wäscherei fuhr und der Himmel so blau war, schien es ihr unmöglich, dass all diese Dinge geschehen waren und noch geschahen, all die Toten, all die eingestürzten Häuser, all die Angst. Und auch Francesco war tot, und zu dem Schmerz kam etwas, das einem Schuldgefühl ähnelte, weil sie Francesco nie besonders gemocht hatte.

Am Morgen des 19. Juli 1943, einem Montag, stieg Francesco, wie jeden Monat ein Mal, an der Stazione Termini aus der Straßenbahn, trank einen Kaffee im *Caffè Trombetta* und ging geradeaus die Via Marsala entlang, und um zehn vor neun bog er in die zweite Straße links ein, die Via Milazzo, wo er in der Nummer 42 im dritten Stock in einem Stundenhotel, das nach Bleichmittel roch, Mira traf, die drei Jahre älter war als er und die wusste, wie man es machte. Um halb elf ging er hinaus und frühstückte in einer Bar in der Nähe der

Poliklinik, zusammen mit einem alten Schulkameraden, der auch in Rom lebte und Arzt war und der ihn immer auf den Arm nahm wegen dieser Geschichte mit der Prostituierten am Montag Morgen. Um fünf nach elf hörten sie die Geräusche, in der Luft, sehr laut, und die Bombe fiel in hundert Meter Entfernung, mitten ins Krankenhaus, und die Bar zerbarst und sie zusammen mit ihr, und dann fand Assunta, die Tochter des Schuhmachers aus der Via Tor de' Schiavi, die in der Poliklinik saubermachte, Francesco, und sie rannte, und Francesco lag dort in der Ecke, an der eingestürzten Mauer eines Hauses, das wie von innen zusammengefallen zu sein schien. Assunta lief in Richtung Via dello Scalo und an jeder Ecke war eine durchlöcherte Straße und ein eingestürztes Haus, mit geöffneten Küchenschränken und stehengebliebenen Uhren an noch intakten Wänden, und ein Körper und ein Arm und die Schreie, und andere Leute, die rannten, überall rannten sie und schrien, und an der Porta Maggiore der Zug mit all den Toten darin, und ein Waggon, der wegen der Druckwelle im dritten Stock eines Hauses gelandet war, Assunta lief bis nach Centocelle, bis zum Haus von Agnese, Agnese, dein Mann, die Bomben in San Lorenzo, und sie konnte nicht einmal sprechen. Aber Agnese verstand sofort, ich muss ihn holen, du kannst ihn nicht holen, die Bomben fallen noch, ich muss ihn holen, Ida, Ida, wir müssen ihn holen. Aber was hat Francesco in dem Viertel gemacht, was hatte er da zu suchen, vielleicht ist er es nicht und Assunta hat sich geirrt.

Ihr habt Glück gehabt, sagte eine Frau mit erloschenen Augen und Blut an den Händen zu Agnese, die Francescos Kopf fest umfasste, und zu Ida, die daneben stand und sich umblickte und nicht wusste, was sie tun sollte, ihr habt Glück gehabt, meinen hab ich verloren, es ist nicht nur so, dass er gestorben ist, meinen Mann, meine Liebe habe ich unter den Trümmern dieses Hauses verloren. Ida ging Straßen entlang, die durch Erdlöcher und Schutt zerborsten waren, inmitten von Rauch und Staub, auf der Suche nach jemandem, der ihr helfen könnte, Francesco zum Friedhof zu bringen. Dann blieben sie bis zum Abend auf dem Friedhof, mit dem Schmerz und der Angst, es könnten noch mehr Bomben fallen, und sie versuchten herauszufinden, was zu tun war, um all die Toten zu begraben, alle auf dem Platz vor dem Verano-Friedhof, wo die Bomben sogar die Toten getötet hatten, vor der ausgeweideten Basilika, mit dem Leib des Herrn auf dem Boden verstreut, Ave Maria, Muttergottes, errette uns aus dieser Hölle. Aber sollten uns nicht diese Amerikaner retten? Und am Abend kam der Papst, und die Menschen weinten, während Ida an Gott dachte, wozu ist er nütze, wenn das alles passiert, und wie sie ihn hasste und die Welt, die ihr das Leben geschenkt hatte, und dass sie lieber eine von den Toten gewesen wäre, die da auf dem Boden lagen, vom Dunkel verschluckt, und sich nicht mehr aussetzen müsste dem, was noch kommen würde.

12

In der Höhle sind die Stunden wie Seile, gespannt zwischen Angst, Langeweile, Müdigkeit und Trübsal. Ida hat jetzt Angst, auch um sich selbst, wenn sie mich wirklich suchen, aber kommen sie denn, die Amerikaner, oder jagen wir sie weg, die Deutschen. Seit zwei Tagen kommt niemand mehr, die Stunden der Dunkelheit wollen nicht vergehen, sie hat eine Lampe, eine Decke und großen Hunger und sie denkt an den Morgen, an dem alles schiefging, an Marozzi, an seinen Sohn und an Ivano, an Rita, die über die Wiese rennt und sie sucht, an Rita, die nach der Ausgangssperre die Wiese überquert, um ihr etwas zu essen und zu trinken zu bringen, um ihr zu sagen, dass sie Marozzi umgebracht haben, dort, in der Wäscherei, ein Schuss in den Nacken, vor den Augen seiner Frau und der kleinen Tochter. Um ihr zu sagen, dass die Leute alle versteckt waren, dass ihr Vater Ivano sie losgeschickt hatte, um zu sagen, dass sie den Keller in der Via Emanuele Filiberto verlassen hatten, und er sagte nicht, wo er sich verstecken würde. Um ihr zu sagen, dass Agnese ruhig war, sie sagte, am Ende sei es besser, bei den Bauern zu bleiben und nicht hier, in Centocelle, mitten unter den Partisanen, Herr, hilf uns und beschütze uns, und halte sie fern von meiner Schwester Ida. Und da lachten sie ein wenig, aber das war schnell vorbei. Und Giovanni, Rita? Welcher Giovanni? Der Sohn von denen aus der Bar an der Ecke Via di Santa

Chiara, Rita, er lief zusammen mit mir weg, aber in die entgegengesetzte Richtung, er war es, der mich gewarnt hat, er sagte mir Mari', dich suchen sie auch. Ich weiß nicht, Ida, ich kenne ihn nicht. Und Antonio, Rita? Wo hat sich Antonio versteckt?

Um Marozzi weinte sie mit Rita, und dann noch lange, als sie wieder allein war. Um Marozzi, um seine Frau und ihre kleine Tochter, die sie viele Male in der Wäscherei gesehen hatte, dünn und dunkel und ernst, Tina, meinte sie, hieß das Mädchen, und eine große Müdigkeit überkam sie, so als sei es die Müdigkeit ganzer Monate oder Jahre, und dann schlief sie ein. In den Träumen wiederholten sich die Bilder der Dinge, die am Morgen geschehen waren, und mischten sich mit anderen, die nie geschehen waren, sie träumte davon wegzulaufen, durch die Gassen im Zentrum, Pferde galoppierten und Don Pietro erwartete sie am Kirchentor und sagte, komm rein, komm rein, es schneit gleich und dann wirst du nass.

Ida hatte von Anfang an Vertrauen zu Don Pietro, seit jenem Sonntagmorgen kurz nach ihrer Ankunft, es war der 11. September 1938, und Ida war zwölf und Agnese zwanzig Jahre alt, Francesco ein paar Jahre älter. Don Pietro war Priester, aber so anders als der aus dem Dorf, er roch nach Kölnischwasser und es war angenehm ihm zuzuhören, und dann hatte Ida entdeckt, dass man mit ihm auch sprechen konnte, dass sie ihm Dinge sagte, die sie niemand anderem hätte sagen können. Sie erinnerte sich an jene schlimme Zeit, drei Jahre zuvor, in der sie Leute kennenzulernen begann, aber alle nahmen sie auf den Arm, alle anderen, so kam es ihr vor, oder vielleicht nicht, aber sie fühlte sich ganz verschlossen und hässlich und unnütz, es waren die Monate, in denen Antonio sie nicht mehr beachtete, und Don Pietro hatte ihr eines

Nachmittags beim Katechismus gesagt, du bist wie eine Auster. Sie erinnerte sich immer daran, an diese Sache mit der Auster, denn die Auster ist außen hässlich, wie eine Miesmuschel, aber im Inneren verbirgt sich eine Perle.

Am Sonntagmorgen, dem 11. September 1938, wusch sie sich am ganzen Körper und zog die weiße Bluse und die Lackschuhe an, den langen, dunkelblauen Rock und die weißen Strümpfe, alles am Abend zuvor vorbereitet und über den Stuhl gelegt, die Schuhe darunter. Sie ging in die Kirche, zusammen mit Agnese und Francesco, die schwarzen glatten Haare im Nacken zusammengebunden, ein Taschentuch auf dem Kopf, denn sie ist ja schon eine Signorina, und an der Tür trennten sie sich dann, er ging nach rechts und die Schwestern nach links. Die Kirche war erfüllt von Weihrauchduft und voller Menschen, und sie kannte niemanden. Nach der Messe gingen sie alle zum Priester, um sie ihm vorzustellen, und er sagte, herzlich willkommen, du wirst sehen, dass es dir hier gutgeht.

Als sie angekommen waren, Francesco und Agnese, hatten sie das Gleiche getan, als Erstes hatten sie sich dem Priester vorgestellt. Aus der Kleidung und dem gepflegten Italienisch und Francescos Aussprache hatte der Priester sofort geschlossen, woher sie kamen, aus welcher Ecke der Welt und aus welcher Art von Familie. Etwas hatte er dann gefragt, gewusst, von Francesco und der Ausschreibung für das Ministerium, von der Frau, die noch keine Kinder bekommen hatte. Don Pietro hatte gefragt, ob sie jemanden kannten, ob sie hier Landsleute hatten, Verwandte. Francesco hatte gesagt, da ist ein Schulfreund von mir, und er hatte einen Zettel aus der Tasche gezogen, mit dem Namen und der Anschrift, aber Don Pietro hatte gesehen, dass er in der Via

Nomentana wohnte, und gedacht, dass sie hier jemanden brauchten, im Viertel, und er hatte gesagt, geht zu Nando Cabras, um ihn und seine Familie kennenzulernen, zwei Kinder schön wie Engel, Maurer, anständige Leute, auch sie von der Insel. Jetzt brachte Agnese eine Schwester mit, aus einem Haus mit zu vielen Töchtern, einem Esel und einem Garten, eine Schwester, die aufgeweckt wirkte. Werdet ihr sie in die Schule gehen lassen? Sie antworteten ja, sie wird studieren, sie war immer die Beste, sie muss die Mittelschule beenden, dann werden wir sehen, vielleicht kann sie auch weitermachen.

Am Sonntag nach der Begegnung im Hause von Antonios Vater, am 23. September 1943, als Antonios Vater sagte, wir müssen etwas tun, sagte Rita zu Ida, auch Don Pietro ist mit dabei, und Ida schien das ganz selbstverständlich.

13

Am 23. September 1943 stand Ida nach Brot an, dabei wäre sie beinahe mit Giacomino zusammengestoßen, der ihr, schmutzig und kurzatmig, sagte, vor der Ausgangssperre treffen wir uns bei Michele, der mit dem Kino, er hat uns etwas zu sagen, es gibt auch was zu essen.

Sie klopfte, mit unsicheren Händen und pochendem Herzen, Antonio öffnete ihr, mit einem Lächeln, das sie zittern und zugleich verstummen ließ und das sie schnell in Richtung Wohnzimmer drängte. In Richtung eines Wohnzimmers, in dem zwei Männer allein leben, ohne Frau im Haus, ein bisschen ordentlich, ein bisschen durcheinander, voller Menschen mit aufgeweckten Gesichtern, die leise sprachen, dabei heftig gestikulierten. Da war Ivano mit Renata, da waren Ercole und zwei seiner Jungs aus der Druckerei, da war Gino, der Fleischersohn, da war Aldos Mutter mit ihrem Mann, und Martino, ein junger Sarde und Carabiniere, der die Kaserne verlassen hatte. Am 10. September hatte er bei der Porta San Paolo mit den Römern gekämpft, sie hatten versucht, die deutsche Wehrmacht aufzuhalten, die die Stadt einnehmen wollte, und sie hat sie dennoch eingenommen. Nando Cabras hatte Martino auf einer stillgelegten Baustelle bei der Acqua Bullicante versteckt, und Martino wollte weiterkämpfen und sah Ida auf eine Weise an, dass sie sich schämte, und sie fragte sich, weshalb sie sich schämte.

Alle verstummten einen Moment lang und drehten sich nach ihr um und sahen sie an, sie sagte guten Abend und setzte sich, Antonio neben sie, und während ihre Wangen wieder Farbe annahmen, sagte er ihr leise ins Ohr, ich wollte, dass du kommst, es ist wichtig.

Und sie dachte, warum, was willst du? Sie hatten sich nicht mehr gesehen seit jenem lichtvollen Nachmittag am Ende des Sommers, einem Mittwoch, zwei Wochen zuvor, als sie sich an der Straßenbahnhaltestelle begegnet waren und er sie von weitem gegrüßt hatte, so als würde er sie nur flüchtig kennen. Zwei Wochen waren vergangen, seit sie in der Bahn geweint hatte, und es schien ihr, als weinte sie noch immer, als sie ihm wie zufällig in die Augen blickte, in seine großen blauen Augen, die wie überflutet schienen von Unendlichkeit.

Michele, Antonios Vater, sagte, wir müssen etwas unternehmen.

Als sie aus der Straßenbahn ausstieg, zwei Wochen zuvor, als sie sich an der Straßenbahnhaltestelle getroffen hatten, Ida stieg aus und Antonio stieg ein, ging sie geradewegs zu Rita nach Hause, sie musste aussprechen, was zu viel für ihre Augen und ihren Magen war. Rita und ihre Mutter Renata hatten ein paar Tomaten gefunden, und sie teilten sie in große Stücke, um daraus Soße zu machen, und auch Annina half ihnen dabei. In wenigen Wochen, dachten sie, ist vielleicht alles vorbei und die Schule geht wieder los und Renata wird am Tisch die Hausaufgaben der Kinder kontrollieren. Der Tomatenduft stieg ihr in die Nase, und Ida dachte, ich kann es nicht glauben, dass er mich nicht will, ich kann es nicht glauben. Weißt du, seit wann ich glaube, dass er mich nicht mehr will? Seit ich ihm gesagt habe, dass ich nicht heiraten will, dass es mir nicht wichtig sei, ich glaube, das ist der Grund. Er scherzte und sagte, ich kann dich nicht heiraten, mein Schatz, denn du bist eine kleine Sardin, ich scherzte und sagte, ich will sowieso nicht heiraten. Ich glaube, das ist der Grund. Seitdem kommt er nicht mehr zu mir, den ganzen Winter über hat er mich nicht besucht, und ich wusste nicht mehr, ob ich einen Freund hatte oder nicht. Ich habe ihm aber nicht gesagt, dass ich, ja, das Leben gern mit ihm verbringen würde, bis wir alt sind, bis mir die Haare ausfallen und die Haut blass wird. Lass sein, mein Mädchen, es ist offensichtlich, dass er nicht der Richtige war, sagte Renata. Und als ich ihn sah, wie er da an der Wand lehnte, mit leuchtenden Augen, und mit Rosa Saracino und ihrem Bruder sprach, aber nur sie ansah, tat er so, als hätte er mich nicht gesehen, ich konnte es nicht glauben. Diese ungeschickte Person, sagte Rita, die hat ja zwei linke Hände. Und Annina lachte, und sie brachte auch die anderen zum Lachen.

Annina sprach seit Juli, seit jenem Morgen, an dem sie mit den Freundinnen auf der Straße gespielt hatte und die Bomben gefallen waren in der Via delle Acacie und seit sie das Stück Mauer gesehen hatte, das die Mutter von Teresa, ihrer Schulkameradin, die sie jeden Morgen am Schuleingang traf, zerquetscht hatte, seit jenem Morgen sprach sie nicht mehr, und sie hatte einen anderen Blick seitdem, so als ob sie nicht sehen, nicht zuhören würde, nicht da wäre. Ein Blick, der Ivano verrückt machte, denn er verstand es nicht, mein Mädchen, mein Mädchen, mein Mädchen. Er hatte sie getätschelt, umarmt, er hatte leise zu ihr gesprochen, er hatte ernst mit ihr gesprochen, er hatte wütend mit ihr gesprochen. Und so war er geblieben, wütend, auf seine kleine Tochter, er hatte aufgehört, mit ihr zu sprechen, sie anzusehen, sie beim Namen zu nennen. Manchmal, am Abend, nach dem Essen, wenn er sich mit den anderen unterhalten und so getan hatte, als sei nichts, und dann Renata fragte, wie es ihr gehe, wie soll es ihr gehen, frag sie selbst, und dann schlug er mit der Faust auf den Tisch und ging. Er dachte, wenn der Krieg zu Ende ist, wenn dieser Krieg zu Ende ist, wird es wieder werden wie früher, mein Mädchen. Nach dem 8. September war er einer der ersten in Centocelle, die handelten, die etwas unternahmen, und er war unter denen, die in all den Monaten danach den Kontakt hielten zwischen ihrer, also der achten Zone, und dem Stadtzentrum.

Die Nachricht vom Waffenstillstand erreichte Ida wie die anderen über das Radio in der Trattoria an der Piazza dei Mirti. Seit zwei Tagen reden sie unaufhörlich und versuchen zu verstehen, fragen sich, was nun zu tun ist, ist dieser Krieg nun zu Ende oder nicht? Aber wie kann er zu Ende sein mit diesen Deutschen im Haus? Sie haben sogar Mussolini befreit und die Republik von Salò, was ist das nun? Und Badoglio und Vittorio Emanuele III. haben sich abgesetzt, der König ist getürmt, alle nach Apulien. Und jetzt, wo sie das Heer aufgelöst haben, was machen diese Soldaten? Ist es vorbei oder nicht?

Es schien schon vorbei zu sein, schon im Juli schien es vorbei zu sein, beim Fest, das sie am 25. Juli wegen der Verhaftung Mussolinis veranstaltet hatten. Dann gingen Gerüchte um, dass sie sich organisieren, sogar mit Waffen, denn wir wollen keinen anderen Faschismus, und die Deutschen sollen nach Hause gehen. Dann kam der Befehl an die Soldaten, weiterzukämpfen, für die Republik von Salò. Aber wie viele sind es, du wirst sehen, sie werden Mussolini nicht ein zweites Mal folgen, aber sie können auch nicht nach Hause zurückkehren. Wirst sehen, sie setzen sich ab, sie verstecken sich, sie bleiben in Deutschland, oder sie versuchen, an die

Grenzen zu Frankreich, Griechenland und Jugoslawien vorzurücken. Wirst sehen, sie hauen ab, sie suchen ein Haus, wo auch immer sie eins finden, sie suchen jemanden, der sie für die Nacht aufnimmt und ihnen Zivilkleidung gibt. Du wirst sehen, dass sie auch kämpfen werden, im Untergrund. Bei mir hat einer geklopft, und was soll ich machen, ich hab ihm den Dachboden aufgemacht und Decken ausgelegt und eine Matratze draus gemacht, und ich habe ihm etwas zu essen gemacht und zum Anziehen gegeben, aber dieser arme Junge wollte einfach nur nach Hause.

Und sie werden kommen, die Amerikaner, in ein paar Tagen, ein paar Wochen.

14

Die Frauen öffneten die Dachböden und auch Agneses Nachbarin, die Mutter von Gino dem Fleischer, sagte zu ihr, Gino hat ihn hergebracht, er sei ein armer Kerl, ein Witwer, er heißt Bernardo, aber alle nennen ihn Betto, er ist der Sohn anständiger Leute aus dem Quadraro, was sollte ich sagen. Mit Ginos Mutter war Agnese von Anfang an befreundet, und beiden hatte der Krieg den Mann genommen, beide wollten, dass es aufhört. Aber Agneses Francesco war Faschist, und Agnese sagte nie etwas dagegen, Faschisten waren mehr oder weniger alle, vor dem Krieg und auch während des Krieges, erst jetzt, dachte Agnese, diese Partisanen, in Rom sind am Ende alle Partisanen. Dass ihre Nachbarin einen auf dem Dachboden versteckt hielt, einen, der gegen das Gesetz verstoßen hatte und den sie suchten, erschreckte sie, sie sagte, es sei besser, wenn ich es nicht wüsste. Dann, eines Abends, als sie zu Hause die wenigen Dinge aßen, die sie hatten zusammentragen können, die beiden Familien vereint, um Kohlen zu sparen, bei geschlossenen Fenstern, waren auch Gino und Betto der Partisan da, und er kam Agnese weder wie ein Bandit vor noch machte er ihr Angst. Betto erzählte davon, wie er hatte fliehen müssen, im März, von zu Hause bis zum Quadraro, zusammen mit anderen, die sich im Krankenhaus ganz in der Nähe versteckt hatten, aber er hatte auch Angst vor den Tuberkulosekranken, und Gino nahm ihn mit zu sich nach Hause auf den

Dachboden. Er hatte eine etwas kindliche und lustige Art zu reden, die einen zum Lachen brachte, selbst traurigen Dingen gewann er etwas Unterhaltsames ab, und nach dem Essen hatte er alle für sich eingenommen, Agnese, Ida und Ginos Mutter. Dann fing Gino an mit ihm zu reden, es begann ein Gespräch, das sie schon zehnmal geführt zu haben schienen, und Gino kam Ida noch unsympathischer vor, während er sich über Betto ärgerte, weil er nicht mehr aktiv kämpfen wollte, aber er beschuldigte ihn leise, damit ihn die Frauen nicht hörten.

Ida sah Agnese an und fragte sich, was sie wohl dachte, so, wie sie es immer machten, nie hatten sie mehr darüber gesprochen. Seit Francesco tot war, sprachen sie nie mehr über das, was geschah. Sie erinnerte sich an einen Abend im Mai des Jahres 1939, nach dem Abendessen hatten Ida und Francesco diskutiert, und er hatte immer wieder gesagt, es sei die Schuld der Leute, mit denen sie verkehrte, wenn sie solche Flausen im Kopf hatte, und der Bücher, die sie heimlich las, was glaubte sie denn, dass er das nicht wüsste? Ida sah Agnese an, aber Agnese senkte nur den Kopf. Sie fühlte sich vollkommen verlassen und traurig, und plötzlich tat ihr alles weh, dieses Haus und diese Stadt, die nicht die Ihre war, dieser Mann, der sie so geringschätzig behandelte und der nicht ihr Vater war, und sie weinte um ihre Mutter und um ihren Vater und um ihren Himmel, um ihre anderen Schwestern und um die schönen Tage vor dem Krieg, und um die Hunde. Ida erinnerte sich nicht mehr daran, wie es war, ohne Angst zu leben, ohne Hunger und mit Häusern, die noch standen.

Im Herbst 1943 begann die Schule erst spät und nur einige öffneten überhaupt, und Ida ging nicht mehr hin, und auch Rita nicht, und Signora Adele, bei der Ida im Jahr zuvor in ihren freien Stunden saubergemacht hatte, rief nicht mehr an, und sie verbrachte die Tage damit, etwas zu essen aufzutreiben und herauszufinden, was vor sich ging, was zu tun war. In Ercoles Druckerei druckte man die »l'Unità« für das ganze östliche und südliche Rom, und Ida verbrachte ihre Nachmittage hier, und dann verteilte sie die Zeitung zusammen mit Rita, die noch druckfrischen Exemplare, versteckt zwischen der schmutzigen Kleidung im Korb oder der, die sie am Leib trugen. Zu Fuß oder mit dem Fahrrad waren es lange Wege, die sie am frühen Morgen zwischen den Stadtvierteln zurücklegten, ihrem eigenen und den angrenzenden, die sie noch nicht kannten und sich nun erschließen mussten. Sie waren froh, wenn die Sonne aufging und es warm wurde und sie den Schal ablegen konnten. Und sicher, dass uns die Amerikaner retten werden, lange bevor es Winter wird. Froh auch, wenn sie an die vielen Fußmärsche zur Schule dachten, von der Porta Maggiore zur Via Appia, Rita zur Oberschule in der Via Appia Nuova, in dem Jahr, als sie angefangen hatte, und Ida noch zur Mittelschule in Centocelle, sie ging allein oder es ergab sich, dass sie mit Rosa Saracino und ihren Freundinnen ging, ich sag's dir.

Der Schulweg war für Ida in den ersten Tagen, die sie zur Oberschule in der Via Appia Nuova ging, eine Entdeckungsreise und kam ihr ganz kurz vor, und schön schien er ihr, wenn sie durch die Porta Maggiore schritt und den römischen Stadtkern betrat. Sie lief und berührte die Steine und das Herz ging ihr über, während ihre Freundin sie ein wenig irritiert ansah. Es war auch das Gefühl, weiter zu lernen, gewiss war sie das einzige Mädchen aus dem Dorf, das über die Mittelschule hinauskam, den Briefen ihrer Eltern entnahm sie, dass sie stolz auf sie waren, bestimmt erzählten sie es allen, wer weiß, ob auch ihr Lehrer davon erfahren hat.

In der neuen Schule fühlte sie sich in Wirklichkeit verloren und fast schon unglücklich, und in der Pause hatte sie jemand abschätzig kleine Sardin genannt, und auch Landei hatte irgendwer gesagt, und Rita meinte, sag es einfach nicht, dass wir aus Centocelle sind. Ihr kam Centocelle von Anfang an wunderschön vor, das Zentrum von Rom bewegte und ergriff sie, manchmal lief sie bis zum Fluss, einmal fand sie sich inmitten der Gassen plötzlich vor dem Pantheon wieder, ihr klopfte das Herz, aber sie fühlte sich immer ein bisschen freier und fröhlicher, wenn sie dann nach Hause in die Via dei Pioppi zurückkehrte. In jenem Sommer des Jahres 1938 konnte sie es nicht erwarten, wieder in die Schule zu gehen, zu lesen und zu lernen, neben ihren Klassenkameradinnen und dem Lehrer, und immer dachte sie an ihren Lehrer, an die Schule, wenn der Lehrer da war. Die beiden Jahre in der Mittelschule in Centocelle waren wirklich so, wie sie sie erträumt hatte, sie hätte den ganzen Tag in der Klasse verbringen können.

Aber dann, in der neuen Schule in San Giovanni, waren die Klassenkameradinnen alle jünger wegen des Jahres, das sie verloren hatte, und von Anfang an war da eine Welt, die sie zurückwies, und sie fühlte sich verloren und allein, und die Lehrerin für Literatur war eine Frau, die stundenlang redete, ohne je den Tonfall ihrer Stimme zu verändern, und Ida bekam bald nur gerade noch ausreichende Noten, erst schämte sie sich, dann aber fühlte sie eine Art Rebellion, so als wollte sie sagen, was geht mich das an, ihr seid es, die nichts verstehen. Das Schönste war der Weg, den sie zusammen mit Rita ging oder auch allein, an den Tagen, an denen Rita nicht zur Schule ging, mitten durch die Felder, mit der Straßenbahn zu den niedrigen Häusern im Hintergrund. Oder wenn sie das Gebäck aß, das man in der Backstube hinter der Schule kaufen konnte, wo sie ein junger Bursche bediente, der sie immer zum Lachen brachte. Es war schön, dass da jemand war, der sie wiedererkannte, der wusste, dass auch sie in dieser großen, vollen Stadt lebte. Schön war der Himmel über Rom im November, in wechselnden Farben, die glitzerten wie ein leicht über die Schultern fallender Festtagsschal, der sie beruhigte, wenn sie voll Verdruss war über die Bemerkungen ihrer Klassenkameradinnen, die Gleichgültigkeit der Lehrer, die Abgestumpftheit der Leute, die im Haus wohnten.

15

In der Bäckerei lernten sie eines Morgens Micol kennen, die Ida ein paarmal vor der Schule gesehen hatte, als sie auf ihre Freundinnen wartete, um zusammen loszugehen, und von ihr wusste sie, dass sie unzählige Freundinnen hatte und Lackschuhe und Ledertaschen, und von der sie und Rita sich fernhielten, vielleicht war es aber auch andersherum. Und dass sie Jüdin war, wussten sie, und bis zum Jahr davor war sie in dieselbe Schule gegangen wie sie, dann kamen aber diese Gesetze, und sie durfte nicht mehr hingehen. Micol hatte goldene Haare, wie sie Ida nie zuvor gesehen hatte, so glatt, dass sie immer wieder aus den Zöpfen herausrutschten, zu denen sie zusammengebunden waren, und ihre Augen schienen in der Sonne die gleiche Farbe zu haben, ganz gelb kam Micol Ida vor, wie ein Rapsfeld im Dezember. An jenem Morgen war sie ohne Freundinnen in der Bäckerei, und sie wirkte ein wenig traurig, ein dunkles Licht war in ihrem Blick, als er den von Ida traf, und einen Augenblick lang spiegelten sie sich ineinander. In der Straßenbahn war Ida ganz aufgeregt über diese neue Bekanntschaft, während Rita sie schweigend ansah, und dachte, ich halte nichts von ihr, sie ist zu reich und blond und auch noch jünger als wir.

Als Micol sie eines Nachmittags einlud, zusammen bei sich zu Hause zu lernen, war Ida ganz aus dem Häuschen, wie vor einem Ball, und lächelnd sagte sie es Agnese und Francesco, Agnese, die dachte, was für Flausen hat sie denn jetzt im Kopf, zu den Reichen zu gehen, und Francesco, der dachte, jetzt verkehrt sie also schon in herrschaftlichen Häusern, was macht ihr Vater? Wie heißt sie weiter? Ida antwortete leicht verdrießlich, das ist doch egal, und warum sehen die Erwachsenen nie die wichtigen Dinge, aber als Francesco den Nachnamen hörte, änderte sich sein Gesichtsausdruck, sind sie Juden, fragte er, und Ida spürte plötzlich Hass und Schmerz, was hat das damit zu tun, was hat es für eine Bedeutung, ob sie Juden sind, wenn wir alle Kinder Gottes sind, und sie ist meine Freundin.

Dass Francesco an die Rassentheorie glaubte, schien ihr unvorstellbar. Sie glaubte, es würde schon reichen, die Bibel zu lesen und Don Pietro zuzuhören, um sicher zu sein, dass es nicht so war. Es reichte schon, Bücher zu lesen. Es reichte schon, Ivano zuzuhören, der nicht einmal an das Evangelium glaubte, aber er kannte die Menschen, er kannte die Juden, die in seine Werkstatt kamen, und sie sind wie wir, schwor er, ganz genauso wie wir. Es reichte, an einem Morgen mit Agnese Stoff kaufen zu gehen im Ghetto, mit Frau Gabriella zu sprechen, die ihn ihr verkaufte. Wie konnte Francesco an den Unsinn glauben, der von den Zeitungen gedruckt wurde und den man in den Schulen auswendig lernen musste und alle wiederholten ihn, und sie, um die Vorstellung zu ertragen, dass aus ihrem Mund diese verhassten Sätze kamen, verkehrte sie im Kopf immer in ihr Gegenteil. Dass es menschliche Rassen *nicht* gibt, es gibt *keine* großen und kleinen Rassen, es gibt *keine* reine italienische Rasse, die Juden *sind* Italiener wie wir, wir *verändern* unsere physischen und psychischen Eigenschaften als Europäer. Manchmal träumte sie davon, sich mit einem jüdischen Jungen anzufreunden und ihn

Francesco vorzustellen, um zu sehen, was für ein Gesicht er machen würde, und auf dem dramatischen Höhepunkt des Traums ging sie aus dem Haus und schlug die Tür zu, voller Stolz und Hochmut.

Als sie ankam, sah Micol sie an und lächelte ihr zu, und Ida fühlte sich eingeschüchtert.

Ihre Mutter war blond, aber nicht so wie Micol, weniger flachsblond, die Augen größer und dunkler. Sie sprach und fragte Ida Dinge, der Tee mit den Keksen, in welche Klasse gehst du, woher kommst du und deine Familie, aber Ida schien es, als ob sie die Antworten nicht hörte. Dann ließ sie sie allein, um nicht zu stören, hast du wirklich vier Schwestern, fragte Micol sie, die nicht eine einzige hatte, und zwanzig Cousins und Cousinen, Micol, und sie sind für mich auch wie Geschwister. Ida sagte, wie schön deine Mutter ist, und dein Vater? Wo ist dein Vater und was macht er?

Der Nachmittag rückte vor, und ihre Plauderei war ganz erfüllt von der Aufregung darüber, sich gefunden zu haben, sich zu verstehen. Sie ist wunderschön, so gelb und weich, dachte Ida. Sie ist wunderschön, so dunkel und zart, dachte Micol. Sie standen auf, um in Micols Zimmer zu gehen, komm Ida, ich leihe dir ein Buch. Und das Zimmer war in goldenes Licht getaucht, das durch kleine weiße Vorhänge drang, die Möbel aus hellem Holz, der Bettkasten, der Spiegel, der Waschtisch weißlackiert, die Schulhefte, die Pantoffeln, der Kamm und die Parfumflaschen, und überall Schmetterlinge, aus Stoff, an den Wänden befestigt, auf das Holz gemalt, auf die Rückseite der Hefte, auf den Griff des Kamms. An der linken Wand ein breites und ziemlich niedriges Bücherregal, und die Bücher darin gehören alle dir? Hast du sie alle gelesen? Da waren nie gesehene Bücher, unbekannte Schriftsteller, noch mehr nicht Gekanntes und nie Gelesenes, und Micol ging zielsicher zum Regal und zog eines hervor, dann ein weiteres, und auf einen Stuhl türmte sie einen kleinen Stapel, und Ida betrachtete ihre gelben glatten Haare über den Schultern und dachte, sie ist ein Engel und eine Schwester zugleich. Dann sagte Micol, meine Mutter, meine Mutter spricht fast nie mit mir, seit ich mich erinnern kann, spricht sie nicht mit mir, und sie hat ein Zimmer, in dem sie allein schläft, und mein Vater bleibt den ganzen Tag draußen und kommt zum Abendessen zurück, wir essen schweigend und blicken dabei auf die Teller.

Als sie ins Wohnzimmer zurückging, fühlte sie sich plötzlich unwohl, jetzt sage ich auf Wiedersehen und gehe, während sich Micol den übriggebliebenen Tee einschenkte, die großen Augen ihrer Mutter kamen herein, mit dem Geräusch von Absätzen.

Dann kam aus den hinteren Zimmern ein Mädchen, sie mag ihr Alter gehabt haben, die gleichen schwarzen Haare, die gleiche olivfarbene Haut. Sie sahen sich an, während sie sagte, Signora, ich bin fertig, wenn Sie nichts anderes benötigen, gehe ich, und sie sagte es mit einem Akzent, der ihr vertraut war. Ich bin auch Sardin, sagte Ida zu ihr, und sie fingen an, sich in ihrer Sprache zu unterhalten, ganz eng beieinander, Benedetta hieß sie, wie eine ihrer Schwestern, und Micol sagte nichts und hörte zu, neugierig und verwundert, so als ob sie sie ein wenig lächerlich fand und auch faszinierend, diese dunkle Art zu reden, wie einem lächerlich und faszinierend erscheint, was einem fremd ist und unverständlich. Die Mutter sagte, Benedetta, belästigen Sie die Signorina nicht.

Auf dem Rückweg, durch die Straßen des Zentrums und dann in der Straßenbahn, weinte Ida unentwegt. Benedettas Gesicht und mit ihr zu sprechen hatten ein

Gefühl aus Zärtlichkeit und Vertrautheit in ihr zurückgelassen, das ihr ein solches Heimweh einflößte wie schon lange nicht mehr, wie am Anfang, eine schmerzliche Sehnsucht nach ihren Schwestern, an deren Gesichter und Stimmen sie sich zu erinnern versuchte, eine nach der anderen, zwischen Piazza Venezia und Porta Maggiore, das Gesicht und die Stimme von Eleonora, Benedetta und Ines, eine unfassbare Sehnsucht nach ihren Feldern, die jetzt bestimmt voll waren von Artischocken und von Fröschen, nach den Feldern und dem Himmel und der Luft, eine schmerzliche Sehnsucht nach dem Blick ihres Vaters, der Umarmung ihrer Mutter. Und mit ihr war eine undeutliche und dunkle Angst in ihr aufgestiegen, vor den Tagen, die fern von ihr vergingen, so weit weg von den Menschen, denen sie, wer weiß, ob und wann, all das, was geschah, würde erzählen können.

Sie ist fortgegangen und dachte bald wiederzukommen und wer weiß, wie groß die Schwestern geworden sind, nur dass dann der Krieg ausgebrochen ist, und in jenem Sommer, in dem man nicht wusste, was passieren würde, dachten sie, dass man abwarten müsse, und es vergingen vier Jahre und alles hatte sich verändert, zum Bitteren, und Ida, die jetzt versteckt in der Höhle saß, bleiern die Stunden, fühlte nackte Angst, ihr Lächeln nie wiederzusehen.

16

Sie und Micol sahen sich einmal in der Woche, dienstags, und langsam öffnete sich Ida eine völlig unbekannte Welt – von Eltern, die in getrennten Zimmern schliefen, von gleichgültigen Müttern, von einer Freundin, die zur Schwester wurde. Und von Gesprächen über sich selbst, über Bücher und über die Freiheit, oft sprachen sie über die Freiheit, darüber, was sie für zwei Mädchen wie sie bedeuten könnte. In den Büchern, die sie lasen, auf den Geschichtsseiten, waren es fast immer die Männer, die um die Welt reisten handelten schrieben dachten, aber Grazia Deledda, sagte Ida, und Jane Austen und Sibilla Aleramo, sagte Micol, und Eleonora Duse, und du, was wirst du tun, was können wir tun, um wirklich frei zu sein, aber das sind Ausnahmen, Micol, die sind doch nicht normal, und wir, können wir keine Ausnahmen sein, Ida? Ich will eine Ausnahme sein. Und über die Liebe sprachen sie, und über die Freundschaft, vor allem über ihre eigene, denn sie war etwas Großes. Und sie fingen an, sich lange Briefe zu schreiben, die sie sich am Schulausgang übergaben, während sie sich flüchtig grüßten, und sie schrieben sich alles, all das, was in den Tagen geschah, in denen sie sich nicht sahen, was sie dachten und fühlten. Wie ein Spiegel sind wir, denn wir sehen uns an und schon wissen wir alles. Auch wenn Ida irgendwo im Hinterkopf haften geblieben war, wie verschieden sie waren, in jenen Gesprächen, Micol, ich weiß nicht, ob ich das wirklich schaffe, ich, die Freiheit und die Ausnahmen und all das andere, für dich ist es etwas anderes.

Jetzt verstand Ida ihre Momente der Traurigkeit etwas besser, und sie war ihr in allem gefällig und wusste, dass es Micol mochte, wenn sie ihr von dem Lehrer erzählte, sag es noch einmal, beschreib mir seine Stimme, und von dem Streit mit ihren Eltern, wie schön, Ida, dass du diese Geschichte erlebt hast, so tragisch und romantisch, denn du bist schon mitten im Leben angekommen. Ida schämte sich anfangs, wenn sie über ihre Eltern und das Leben sprach, das sie führte, weil sie wusste, dass sie arm war, wie aus einer anderen Welt, verglichen mit Micol, aber wenn sie sich erinnerte, glänzten ihre Augen, und sie sprach von ihren Schwestern, vom Garten und von den Hunden.

Und sie erzählte ihr von Antonio, von jenem Kuss zwischen Ohr und Hals, davon, wie groß und stark er war, von den lockigen schwarzen Haaren, und sie erzählte ihr von seiner Schulter, auf die sie ihren Kopf gelegt hatte, und davon, wie anders die Liebe zu ihm war im Vergleich zu der imaginären zu ihrem Lehrer. Bei ihm war es ein Gefühl, das keiner Worte bedurfte, ein Gefühl von Sicherheit und Vertrauen, die Lust ihn zu berühren, das Blau seiner Augen, das sie für sich behalten wollte, die Wimpern. Micol erzählte ihr von Diego, ihrem Freund, und sie hatten sich schon richtig geküsst.

Im Sommer, im Sommer 1943 sahen sie sich nicht, Micol war in den Ferien am Meer, und im September, bei den schwerwiegenden Dingen, die jeden Tag geschahen, waren sie sich noch nicht wieder begegnet.

Als Nina, die Wirtstochter, die bei einer Familie im Stadtzentrum arbeitete und an jenem Morgen in einem Geschäft im Ghetto Knöpfe gekauft hatte, am Abend des

26. September die Trattoria an der Piazza dei Mirti betrat, erzählte sie, dass die Juden Gold zusammentrugen, um sich bei den Deutschen ihr Leben zu erkaufen. Dass sie ihnen nach dem Leben trachteten, den jüdischen Familien, glaubte niemand ernsthaft in den Straßen des Ghettos, aber die Angst fühlten sie doch. In wenigen Stunden hatten sie in Centocelle, so erzählte es Nina, aber nicht nur hier, in ganz Rom, aus den Häusern das Gold zusammengetragen, um das Leben der Juden zu retten, und alle fanden etwas, den Armreif für das neugeborene Kind, den ich wirklich nicht verkaufen wollte, nie im Leben hätte ich ihn verkauft, und Frauen, die ihren Ehering nicht hergeben wollten, denn der Duce hatte ihn von allen Ehefrauen Italiens verlangt, und das Herzblut, mit dem sie ihn hergaben, fast alle, einige nicht, dem Duce nicht, diesen Leuten jetzt ja, damit sie sie nicht zum Sterben wegbrachten. Anderen, denen etwas Gold geblieben war, wer weiß wo versteckt, behielten es, wo gibt's denn so was, diesen Leuten hier, das sind ja nicht mal Italiener.

Ida nahm ihr Fahrrad und radelte die Via Casilina hinunter, ihre Angst vor der Geschwindigkeit vergessend. In der Via Merulana traf sie auf zwei Deutsche, aber sie fuhr schnell und die hielten sie nicht an, sie taten nichts, schien ihr. Micols Haus, die Fassade, die auf die Basilica di San Clemente hinausging, die Alpenveilchen auf den Fensterbänken, die Fenster geschlossen. Sie sind nicht da, und was mache ich jetzt, sie fühlte die Kälte an Händen und Nase, die sie sich mit den Fingern rieb. Dann hörte sie, wie sich die Tür öffnete und Micol ihr sagte, komm rein, und drinnen schien es ihr noch kälter als draußen. Der Vater und die Mutter sprachen mit dem Rücken zu ihnen, als sie eintraten, dann drehten sie sich um und die Mutter hatte Bücher in der Hand und sagte, er will nicht, dass ich sie mitnehme. Mitnehmen wohin? Wir haben uns entschieden zu gehen, bis bessere Tage kommen. Ida erzählte, dass ganz Rom das Gold zusammentrug, für euch, damit ihr bleiben könnt. Micols Vater, den Ida nur ein paarmal gesehen hatte, und er kam ihr hässlich vor, aber er hatte einen sanften Blick, sagte zu ihr, ich traue ihnen nicht, den Deutschen, und auch wenn die Juden im Ghetto all das Gold aufbringen, fünfzig Kilogramm Gold in weniger als zwei Tagen, ist es unmöglich, es ist eine Falle, sie werden einen nach dem anderen holen, Haus für Haus, und sein Blick war sanft wie die anderen Male, aber auch erloschen und bitter. Trotzdem setzten sie sich ins Wohnzimmer und Benedetta bereitete den Tee zu, und wo wirst du hingehen? Ich werde mit den Herrschaften mitgehen, wo soll ich sonst hin.

Mit Micol saß sie Hand in Hand auf dem Sofa und sie sagten sich schreib mir ich schreibe dir du wirst sehen bald ist es vorbei bald ist alles vorbei und wir werden noch immer hier auf deinem Sofa sitzen. Dann mussten sie beide weinen und Micols Mutter sah sie an und sagte, lasst das sein.

Am 27. September nahmen Ercole aus der Druckerei und sein Schwager das Auto und fuhren bis zum Portico d'Ottavia, und da war alles voller Menschen, sie gingen hinein, und da war alles voll, sie sagten, es fehlt noch viel, die Deutschen sagten das, der Dank, die Umarmungen und die Pakete auf den Schultern. Am Tag darauf hieß es, sie hätten es geschafft, diese Menschen, die fünfzig Kilogramm Gold zusammenzutragen, und alle atmeten auf, und Ida dachte, jetzt müssen sie nicht mehr fort. Am Morgen danach ging sie früh aus dem Haus, sie lief mit der Sonne, die hinter ihrem Rücken aufging, sie drehte sich um und betrachtete sie, die aufgehende Sonne und die Farbe des Himmels über den Bergen hinter der Via Casilina, sie machte einen großen Umweg, um die Straßen zu meiden, in denen, wie sie wusste, die Deutschen waren, in der Via Labicana verlangsamte sie ihren Schritt und sah aus einem Versteck heraus einen dunklen Wagen vor Micols Haus und zwei schwarz gekleidete Männer, die davor standen, und als sie sich langsam und still näherte, sah sie Micols Vater mit dem gekämmten Schnurrbart, und Micols Mutter mit einem Kopftuch, das ihr fast das ganze Gesicht bedeckte, als sie ins Auto stieg und hinter den Fenstern verschwand. Sie sah Micol, die sich noch einmal umdrehte nach dem Haus, bevor sie einstieg, und dann schlossen sich die Türen, und keiner von ihnen hatte einen Koffer dabei, und das Auto fuhr los, und Ida drückte sich gegen die Mauer, um nicht gesehen zu werden, und sie verstand nicht, wer diese Männer waren, die gerade ihre Micol fortbrachten.

Sie stieg wieder aufs Fahrrad und wusste nicht, was sie denken sollte, die Sonne stand noch tief, und ein Gefühl von Machtlosigkeit und Schmerz überkam sie. Langsam radelte sie los, bis zum Fluss fuhr sie und dort setzte sie sich und das Wasser bewegte sich langsam und trug ihre Gedanken nicht mit sich fort, und einen Augenblick lang fühlte sie sich hingezogen zu diesem grünen Wasser, und sie war ein wenig neidisch auf jenen Baumstamm, den die Strömung davontrug, und dann beschloss sie, dass es besser war wegzugehen von diesem mächtigen herbstlichen Fluss.

Und dann wusste sie nicht mehr, was sie über Micol denken sollte, und sie träumte, dass die schwarzgekleideten Männer Freunde waren, die sie in Sicherheit brachten.

Am Morgen des 16. Oktober, gegen elf Uhr, hörte es auf zu regnen und vom Lehrling über den Krämer bis zur Milchfrau ging das schreckliche Gerücht um, dass man alle Juden aus dem Ghetto fortbrachte, die Deutschen holen sie mit Lastwagen. Ida ließ sich auf dem Fahrrad den Berg hinunterrollen, neben dem Kolosseum, und sie nahm einen langen Weg, bis hin zum Teatro di Marcello, und dort sah sie sie, Dutzende von Lastwagen, Hunderte von Männern, mit Naziuniformen und Naziabsichten, die Schüsse hörte sie, und sie sah die Menschen, die Menschen, die auf die Lastwagen stiegen, im Schlafanzug, mit weinenden Kindern, die Alten, die langsam gingen, den Schrecken, der sich mit Verwunderung mischte, was wollen sie, wohin bringen sie uns? Es ist eine Falle, einen nach dem anderen werden sie holen, sie werden uns alle holen, Haus für Haus, einen nach dem anderen, wie viele sind wir, mehr als tausend, allein in Rom, im Herzen Roms.

17

An Micol dachte sie oft in der Höhle und dass die Monate vergangen sind und nie eine Nachricht kam, an die Gespräche, die sie geführt hatten, an die lichte Atmosphäre, die immer zwischen ihnen gewesen war. An jenen Morgen, an dem sie sie gesehen hatte, wie sie sich nach den Alpenveilchen auf den Fensterbrettern umdrehte, bevor sie in den dunklen Wagen stieg. Sie stellt sich vor, was jetzt mit ihr ist, und jedes Mal ist es eine andere Geschichte, sie weiß nicht, was wahr ist und immer hat sie Angst und sie fragt sich, ob sie Angst hat oder hatte, in den Monaten, die du wer weiß wo bist, meine Freundin, ob du dich gut versteckt hast oder in einem Loch steckst, das schlimmer ist als das hier, ob du frei bist auf der anderen Seite des Ozeans oder noch immer auf der Flucht von Stadt zu Land.

Am ersten Tag, als sie in der Höhle schlief, wachte sie mitten in der Nacht auf, nach langem tiefem Schlaf, in den sie gefallen war, nachdem Rita fort war, nachdem sie mit ihr die Brühe gegessen hatte, die sie ihr nach der Ausgangssperre gebracht hatte, und Ida empfand eine Mattigkeit, wie sie einen Moment zuvor nicht möglich gewesen wäre, mit all der Aufregung in ihr. In den Träumen wiederholten sich die Bilder der Ereignisse vom Morgen und mischten sich mit anderen, die gar nicht stattgefunden hatten, und als sie erwachte, versuchte sie zu schreien, im Traum drang ihr ein schwacher, rauer

Ton aus der Kehle, als sie träumte, dass da jemand neben ihr war und sie ansah. Sie erwachte und blieb bewegungslos liegen, voller Angst, stundenlang, jedes Geräusch ließ sie aufschrecken, sie fühlte die Feuchtigkeit und roch den Schimmel, und die Verzweiflung und der Schmerz in ihrem Bauch waren groß.

Und sie erinnerte sich an ihre Großmutter, an einen Sommerabend, an den Abend, als sie ihr sagte, weißt du, mein Mädchen, warum ich die Faschisten hasse? Kalter Schweiß trat ihr auf die Stirn, denn nie zuvor hatte sie jemanden so über die Faschisten reden hören, sie wusste, dass man das nicht durfte, dass Papa und Mama böse geworden wären, und der Himmel klarte auf, hinter den grauen Wolken kam die Sonne hervor. Ich hasse sie, weil sie eines Tages mit dem Auto in der Via Roma vorfuhren, ein Auto voller Schwarzhemden, auch einer vom Dorf war dabei, die Leute hielten an, grüßten sie, den rechten Arm erhoben. Vor dem Weinladen war Luigina die Barfüßige, weißt du, wer das ist, sie ist ein bisschen verrückt, geht immer vornweg bei den Prozessionen, ein Hund nähert sich, und sie bekommt Angst und bewegt sich auf ihre seltsame Weise und das Getue, so als lachte sie, die Faschisten werden gedacht haben, sie lacht, sie lacht über sie und den Duce, und sie hob auch nicht den Arm zum Zeichen des Grußes. Zu dritt sind sie ausgestiegen, die Schläge und die Beschimpfungen, die Schläge, die Beschimpfungen. Zwei Monate später ist sie gestorben, Luigina, nicht wegen der Schläge. Sie sagte es ihr in ihrer Sprache, das kleine Mädchen, ein vollbeladenes Auto, Luigina die Barfüßige, es schien, dass sie darüber lachte, die Schläge, armes Ding, Luigina. Und dann sah sie zum Himmel, dass ihm ein Unheil geschehe, sagte sie, dass ein Unglück über sie hereinbreche. Ihr Verfluchten.

Das Geräusch, das ihre Gedanken erzeugen, und das der Mäuse kennt sie inzwischen, das der Angst ist stumm und dicht und geht nicht weg, und sie wartet auf den Morgen, so als ob er das Ende von allem brächte. Sie konzentriert sich, um leichte Gedanken in ihrem Kopf festzuhalten, die Beklemmung draußenzulassen, und sie will an Agnese denken, die ihr so verändert vorkommt seit diesen Jahren in Rom, wer weiß, ob auch ich mich verändert habe oder ob ich noch dasselbe kleine Mädchen bin, das lachend mit den Cousins spielte.

18

Beim Umherlaufen am Tag in dem schwachen Licht, das von oben hereinfällt, wagt sich Ida etwas in die Höhle hinein, um sie zu erkunden und um sich die Beine zu vertreten. Es gelingt ihr nicht zu ermessen, wie groß sie ist, wie lang und wie breit die Gänge sind. Sie weiß, dass sie riesig sind, die Höhlen, sie weiß, dass man hier Pilze züchtet und dass sie ganze Stadtviertel durchziehen. Aber es ist dunkel und mit der Angst, die an ihr haftet, geht sie nur wenige Schritte, um dann wieder umzukehren. Rita hat gesagt, es sei vorbei und dass die Amerikaner in ein paar Tagen kommen, aber seit Jahren schon sagt man, es sei vorbei, seit Jahren, dieser Krieg, der ein paar Monate dauern sollte, und seit September ist alles noch schwieriger und härter geworden. Und wenn es nicht wahr ist, das mit den Amerikanern, dass sie kommen und uns befreien werden und das neue Leben beginnt und wir auf den Straßen tanzen? Und wenn der Sommer vergeht, ohne dass sich etwas verändert hätte? Nur die Toten, und es werden weitere hinzukommen. Und wenn ich nicht herauskomme, aus dieser Grotte aus Erde und Wasser?

Der Tunnel macht eine Linkskurve und wird breiter, und Ida hat an der Wand ein Wasserrinnsal entdeckt, sie nähert sich und trinkt, die Hände zu einem Kelch formend, und sie erinnert sich daran, als sie und Rita hierherkamen, um zu spielen, war dies ihr Badezimmer und sie stellten sich vor, der Wasserstrahl falle in eine weiß emaillierte Messingwanne und sie stellten sich einen Tisch vor mit den Haarbürsten und dem Puder und den Parfums, und ein in die steinerne Wand eingelassenes Fenster, durch das sie in die Talebene hinaussehen konnten. Dann fragte sie sich, wie lange sie es hier wohl aushalten würde und sie dachte an die Gesichter der Menschen, die auf die Lastwagen stiegen und wieder musste sie weinen und während sie weinte, dachte sie an ihre Schwester Benedetta, die ihr sagt, mach den Wasserhahn zu, und sie musste ein wenig lächeln. Sie fragte sich, warum, wenn alle versteckt sind, niemand hier heruntergekommen ist, sie fragte sich, an wie vielen Stellen der Höhle sich Partisanen versteckt haben, und andere Frauen, gibt es die? Dann aß sie die übriggebliebene Kartoffel und wusste nicht mehr, was sie tun sollte und wartete nur noch auf Rita und fragte sich, Rita, wo bist du? Don Pietro, wo sind Sie? Sie werden sie alle geholt haben, alle werden tot sein. Antonio.

An ihn zu denken, stimmte sie einen Moment lang zärtlich, Wellen stiegen in ihrem Bauch auf, sie hielt den Atem an. Dann kam diese Eifersucht, die ihr in der Brust brannte, als sie daran dachte, wie er mit Rosa Saracino gesprochen hatte, wie kann es sein, dass man die da will, weil schön schön ist, aber am Ende nicht mal so sehr, elegant, aber sie spricht nie, wenn Männer dabei sind, das Kleid gerade gebügelt, mit Nylonstrümpfen und schön gekämmten Haaren. Aber wie kann es sein, dass er nicht erbebt, wenn er an uns denkt? Aber wenn auch sie schon Erinnerungen haben, Antonio und Rosa? Rosa mit dem frischgebügelten Kleid und ihrem Bruder in der Faschisten-Uniform, die perfekt sitzt und die gespannten Muskeln der Schultern betont.

Und er ist in der faschistischen Armee geblieben, Rosas Bruder, auch nach dem Waffenstillstand, und sie schickten ihn nach Süden, um die Alliierten aufzuhalten, praktisch gegen uns, dass sie imstande wäre ihn zu töten, wenn sie ihn auf der Straße träfe, den Bruder von der, die ihm gefällt, und das bin nicht ich.

19

Ida weiß nicht, was sie machen soll in der Höhle, ihr linker Daumen blutet am Nagel, nach dem vielen Kauen. Ein Satz geht ihr nicht aus dem Kopf, er sagt, es ist alles umsonst, und sie erschrickt. Obwohl ihre Haare ganz glatt sind, schafft sie es nicht mehr, mit ihren Fingern hindurchzufahren, so schmutzig sind sie.

Dann erinnert sie sich an einen Novembernachmittag, sie war sieben Jahre alt, es regnete seit zwei Tagen und der Garten war überschwemmt, am Abend, bevor sie nach Hause kam, fehlte einer der Hunde und sie wollte nicht gehen, bevor sie ihn nicht wiedergefunden und, zusammen mit den anderen, unter die Überdachung gebracht hatte. Ihr Vater blieb bei ihr, während die Schwestern und Cousins zum Karren zurückkehrten, und er lachte und umarmte sie, als sie hinfiel und voller Schlamm war, ihr aber kamen die Tränen, und dann lachte sie mit ihm, und dann wusste sie nicht, ob sie glücklich sein sollte über diese fröhlichen und seltenen Augenblicke, die sie allein mit ihrem Papa verbringen durfte, oder traurig über Mela, den Hund, der nicht zurückgekehrt war. Die schlammverschmierten Haare, das gleiche Gefühl zwischen den Fingern, aber zu Hause dann das Wasser, das man zum Kochen brachte für ein warmes Bad, denn sie hätte sich einen Schnupfen holen können. Mama war ein wenig verärgert, so etwas hat man noch nicht gesehen, all diese Liebe für die Hunde, für das Vieh.

Dann erinnert sie sich an den Tag, an dem sie San Lorenzo bombardiert haben, den Tag, an dem Francesco gestorben ist, während sie an einer Osteria vorbeiging, war da ein winzig kleiner Junge mit riesigen dunkelblauen Augen, mit einem ausgebleichten Hemdchen und viel zu großen Shorts, eine Schippe in der Hand, und er weinte auf dem Arm der Mutter, einer kleinen Frau ohne Strümpfe und ohne Hut. Er weinte und schrie, Bäh! Bäh! Bäh! Der Wirt hat gesagt, dass das Haus von Signora Ida eingestürzt ist, und er weint, denn drinnen war sein Hund, und es kam ihr vor, als sagte er das vorwurfsvoll, aber auch voller Liebe und Schmerz. Sie sagte, ich heiße auch Ida, aber der Wirt hörte ihr schon nicht mehr zu. Es war hübsch und drollig, dieses Kind, es hatte ein Gesicht, das sie nicht wieder vergaß. Sie denkt, dass sie es gern wiedersehen und wissen würde, wie es heißt, wo sie jetzt leben, das Kind und seine Mutter, nachdem sie ihr Haus verloren haben. Wie viele haben ihr Haus verloren und damit nichts mehr, wie viele Mütter wissen nicht, was sie ihren Kindern sagen sollen.

Und die Kinder, die keine Mütter mehr haben wie Rocco, Bettos Sohn, die Mutter, die in einem eingestürzten Unterschlupf gestorben ist, als ihn eine Bombe traf, Rocco, der sie jedes Mal so fest umarmte, Ida, und er kannte sie kaum und weinte doch jedes Mal, wenn er gehen musste. Zu Betto ging sie einmal Mitte April, nachdem er eines Morgens an ihre Tür geklopft hatte und Ida bat, tu mir diesen Gefallen, bei mir zu Hause wissen sie nicht einmal, wo ich bin, geh hin und sage wenigstens, dass es mir gut geht. Agnese sagte zu ihm, junger Mann, wenn du wirklich Angst vor den Deutschen hast, solltest du dich besser verstecken und nicht durch die Häuser ziehen und jedenfalls nicht zu mir kommen, und zu Ida sagte sie, geh da nicht hin, misch dich nicht ein. Aber

Ida holte Rita ab, und gemeinsam gingen sie ins Quadraro, ein Viertel, das Rita kannte, weil hier ihre Großeltern wohnten, und dann nur noch die Großmutter und Schluss, nach der Säuberungsaktion am 17. April.

Am Fenster eines zweistöckigen Hauses zeigte sich augenblicklich eine Frau im Morgenrock, der genau so dunkel war wie ihr Gesicht. Ida sagte, Signora Mariuccia, Ihr Sohn Betto schickt uns. Dann öffnete sich die Tür und Mariuccia sprach mit leiser Stimme, kommt herein, kommt herein, setzt euch. Die Pantoffeln von Ehemann Franco, an einer fehlte die halbe Sohle, der Zichorienkaffee stand schon bereit, wer seid ihr, denn Betto haben wir seit jenem verfluchten Tag nicht mehr gesehen. Ida berichtete und Mariuccia schüttete sich förmlich aus vor Begeisterung und am Ende sprach vor allem sie, Betto unser Sohn, Ignazia, seine Frau, ist in einem Bunker gestorben, es gab einen großen Knall, wie viele Christenmenschen sind dort unten geblieben, er hat sich entschlossen zu kämpfen, um Rom zu befreien, so sagt er uns, ich weiß nicht, es ist eine Tragödie. Das Kind nicht, das Kind hat überlebt. Sie trank nicht einmal den Kaffee, die Signora Mariuccia, sie sprach in einem fort. Tragisch ist, dass die arme Ignazia gestorben ist und der Junge keine Mama mehr hat, dass Betto zur Resistenza gegangen ist, das hat er richtig gemacht, gut gemacht hat er das, eine Tragödie wäre es gewesen, wenn er Faschist geworden wäre. Die Sonne ging auf und sie redeten, dass der Krieg zu Ende geht, und Rocco, der Arme, ist noch nicht einmal drei Jahre alt, jetzt schläft er, der Arme, du Augenweide deiner Großmutter. Franco, der dabeisaß, die Ellenbogen auf dem Tisch, schlurfte mit den Pantoffeln auf dem Boden herum, ganz langsam hin und her. Die Schwalben schrien, ein Hund bellte, der Himmel färbte sich blau.

Jetzt fragt sich Ida, wie es Rocco wohl geht, und sie lächelt beim Gedanken an Betto, der Heiterkeit und Leichtigkeit in ihr erschrecktes und müdes Leben gebracht hatte.

Sie kratzt sich am Kopf und spürt, wie ihre Bauchschmerzen stärker werden, Bauchschmerzen, die sie immer ›brutta voglia‹ – Widerwille – genannt hat, bevor sie nach Rom kam und lernte, ›nausea‹ – Übelkeit – zu sagen.

Widerwille gegen die Feuchtigkeit, den Schimmelgeruch, das Blut am Finger, die schmutzigen Haare, die Sätze im Kopf, die Angst, die sich mit Langeweile mischt, den Hunger, der noch nicht groß ist, aber wenn Rita nicht zurückkommt. Sie denkt, sobald sie da ist, wird sie ihr sagen, dass es vielleicht übertrieben ist, in der Höhle zu bleiben, denn in Centocelle werden sie sowieso nicht suchen, die Deutschen, sodass ich bei jemandem im Haus bleiben kann, ein Dachboden wäre schon eine gute Sache. Sie bekommt Lust, einen Brief zu schreiben und alles Agnese zu erzählen und ihn dann vielleicht auch für Mama und Papa abzuschreiben. Und Benedetta und Ines, wer weiß, ob sie sich noch an mich erinnern, wer weiß, was für große Mädchen sie inzwischen geworden sind, wenigstens sind sie zusammen, schon immer unzertrennlich.

Sie streckt sich aus, ohne schlafen zu wollen, leise fängt sie an zu singen.

20

Als sie erwacht, ist es Nacht, kein Licht, nirgends. Sie weiß nicht, wie viele Stunden sie geschlafen hat. Sie denkt, es ist gerade zunehmender Mond, und sie kann es nicht erwarten, ihn zu sehen, den ersten Vollmond im Sommer. Sie erwacht und fragt sich, wo bin ich, ohne sich an die Höhle zu erinnern, nach einem langen und detailreichen Traum, ihr Onkel Elio, der gerade ein Grab schaufelte, ganz in der Nähe der Kreuzung mit der großen Straße, Ida fragt ihn, ob es für sie sei, er antwortet ja, und dann ist da Antonio, dem sie sagt, dass sie sterben werde, und er streichelt ihr übers Haar, ein ruhiger, sanfter Traum. Sie steht auf, um zu pinkeln.

Von links hört sie Schritte kommen, aus der Tiefe des Tunnels, nicht vom Eingang her, durch den sie heruntergekommen ist und der am nächsten liegt.

Sie hört sie und weiß nicht, was sie tun soll. Noch immer fließt der Urin und sie möchte ihn anhalten, es sind keine Mäuse, es sind die Schritte eines Menschen, schwere Stiefel. Sie weiß, dass diese Tunnel vor allem von den Bewohnern des Viertels benutzt werden, um sich zu verstecken, oder von den Partisanen. Nicht, dass die Faschisten das nicht wüssten, und wenn sie jemanden suchen, und wenn es das Ende ist, welches Ende steht mir bevor?

Sie hat noch Zeit aufzustehen, zu denken, dass sie nicht die Zeit hat, ihre Sachen zu verstecken, die Decke, die Lampe und die Schale, vielleicht schaffe ich es hinauszukommen, sie sieht, wie sie nach Hause rennt, an die Tür klopft und Agnese ihr öffnet.

Die Schritte kommen näher, es kann nicht Rita sein, zu dieser Stunde und in diesem Teil der Höhle, wohin führt der Tunnel?

Sie hört sie kommen und weiß, dass es zwei sind, sie sieht, dass es keine Faschisten sind, nicht einmal Deutsche, und dennoch geht die Angst nicht weg. Vor der Decke bleiben die beiden plötzlich stehen, sie sehen sich an, blicken sich um. Da ist nicht einmal eine Wand, hinter der sich Ida verstecken könnte, sie steht unbeweglich da, die Farbe ist ihr aus dem Gesicht gewichen.

Was machst du hier, fragt sie der Hochgewachsene mit dem schütteren braunen Haar und dem Seitenscheitel, und die Starrheit in seinen Augen und seinem Mund flößen Ida ein Unbehagen ein, das sie in jedem Winkel ihres Körpers spürt. Der andere hat den zarten Bartflaum eines Jungen, der sich noch nie rasiert hat, und nennt sie beim Namen, dich, dich kenne ich, du bist die Freundin von Cinema, und sie wusste, dass man Antonio im Viertel so nannte, gefallen hatte ihr das nie. Ida erinnert sich nicht an ihn, wer weiß, wo sie ihn schon einmal gesehen hat, bestimmt nicht mit Stiefeln und Pistole wie jetzt, aber er beruhigt sie, mit seinem Gesicht und dem Klang seiner Stimme, denn er weiß, dass sie eine Freundin von Antonio ist, und er erkennt sie wieder. Und der Große mit dem Seitenscheitel, der sie noch immer erschreckt, auch wenn er kein Faschist ist, nicht einmal ein Deutscher, er lässt sie die ganze Angst spüren, dass sie ein kleines Mädchen ist, allein in der Nacht und niemand ist bei ihr.

Der andere fragt sie, warum sie dort in der Höhle sei, seit wann und für wie lange noch. Er sagt, es komme ihm übertrieben vor, sich da unten zu verstecken, allein, und dass sie bestimmt zurück nach Hause gehen könne, und Ida will sagen, das stimmt, ich denke das auch, aber der Blick des anderen schneidet ihr die Worte ab. Er fragt sie, ob sie Hunger habe, und sie hat Hunger, schüttelt aber den Kopf. Die ganze Zeit über bleibt sie unbeweglich stehen, weit weg. Die ganze Zeit über fixiert der andere sie, ohne ihr in die Augen zu sehen. Sie wollte nach Antonio fragen, aber wieder bringt sie keinen Ton heraus. Dann sagen die beiden, wir müssen gehen, denn gleich wird es hell, und sie überlassen sie ihrer Angst. Kalter Schweiß steht ihr auf der Stirn.

21

Draußen kündigt sich ein heller, wolkenloser Morgen an, jetzt zeigt sich der Sonnenaufgang hinter der Via Casilina in einem Orange, das ihr, Ida, das Herz erfreuen würde, wenn sie es sehen könnte. In der Höhle kann sie nur ahnen, dass die Nacht vorbei ist, aber noch dringt kein Licht hinein. Immer wieder denkt sie an die beiden Jungen von vorhin, wenn es Deutsche gewesen wären, wenn er, der Antonio kennt, nicht gewesen wäre. Eine Art Betrübnis überkommt sie, die sich mit dem Hunger vermischt, wieder ist ihr schlecht. Sie übergibt sich zweimal, in zwei verschiedene Ecken, das erste Mal eine gelbliche Flüssigkeit, das zweite Mal nur Galle. Und Rita ist noch immer nicht da. Sie bereut, dass sie nichts zu essen angenommen hat von den beiden Jungen. Sie bereut, dass sie nicht nach Antonio gefragt hat, von dem sie schon lange nichts mehr gehört hat. Seit diese turbulenten Monate begonnen hatten, mit heimlichen Treffen und Plänen und Aktionen, hatten sie sich wieder angenähert, aber Ida verstand noch nicht, was er wollte.

Antonio kam am 21. März 1941 nach Centocelle, es war windig an diesem Freitagmorgen, an den sich Ida in allen Einzelheiten erinnert, ein bisschen, weil diese Begegnung so wichtig war, ein bisschen auch, weil sie so zufällig stattgefunden hatte. Sie betrat das Lebensmittelgeschäft der Familie Saracino in der Via Tor de' Schiavi und betrachtete die Süßspeisen hinter der

Theke, die Signora begrüßte sie und erkundigte sich nach Agnese, während sie ihr das Brot reichte, das Ida im Morgengrauen zum Backen gebracht hatte, und sie die Tochter Rosa anschrie, weil sie ein Tablett hatte fallenlassen.

Dann öffnete sich wieder die Tür, und herein kam ein hochgewachsener Junge mit lockigen schwarzen Haaren, großen blauen Augen unter langen dichten Wimpern, einem Leberfleck unterm Mund, wie süß er ist, dachte Rosa, wie hübsch, dachte Ida, wie herrlich, dachte Antonio, als er Ida und Rosa erblickte.

Was bekommst du, Schätzchen, fragte ihn Signora Saracino. Nein, nichts, Signora, danke, Antonio wollte nichts, er wollte nur wissen, bitte Signora, wo ist die Piazza dei Mirti. Dann tat Ida etwas, und Rosa und ihre Mutter blickten sich überrascht an, überrascht alle beide, vielleicht war auch Antonio überrascht, Ida aber war ganz fröhlich. Sie nahm das Brot, trat entschlossen einen Schritt vor, dann drehte sie sich zu ihm um und sagte, ich begleite dich, die Piazza dei Mirti ist hier ganz in der Nähe.

Draußen wartete ein Mann auf ihn, es war sein Vater, und sie gingen zusammen, und all die Fragen, wie heißt du, woher kommst du, Sardinien, so weit weg, und ihr seid neu hier? Wir, ja, wir werden im Kino arbeiten, gehst du nie ins Kino? Ida lief und sah zu Boden und manchmal drehte sie sich zu ihm um, wenn er sie nicht ansah, zu seinen wachen und hellen Augen und dem Leberfleck rechts unter dem Mund, und sie fühlte ein Beben irgendwo im Bauch. Und sie wusste, was sie dieser Spaziergang mit einem Jungen kosten würde, und sie kannte ihn nicht einmal, auch wenn der Vater dabei war, der ein wenig vorausging, sie wusste, dass Agnese und Francesco es sofort erfahren würden, vielleicht wussten sie es schon, wie wütend sie sein würden, aber das Beben im Bauch, seine schwarzen Locken in der Luft eines Märzmorgens, zwischen der Via Tor de' Schiavi und der Piazza dei Mirti, der Wind und das Blau seiner fünfzehn Jahre, weit weg von dem Haus, in dem sie aufgewachsen war, von ihrer Mutter und ihrem Vater, was hatte es für eine Bedeutung, sie fühlte sich stark und allein und lebendig, und auch glücklich.

Sie kamen an und Antonios Vater sagte danke, in die erste Vorführung kannst du umsonst rein. Und sie ging zufrieden nach Hause, mit einer Zufriedenheit, die sie nie zuvor empfunden hatte, gerade noch rechtzeitig zum Essen kam sie, mit dem Brot in der Tasche, und wenn sie Glück hatte, würde niemand etwas bemerken. Zu Hause deckte sie lachend den Tisch, während Agnese von einer Katze erzählte, die auf die Fensterbank gesprungen war und mit dem Maul gegen das Fenster klopfte, und Ida sah wieder die Bilder des Spaziergangs vor Augen, Antonios einnehmendes dunkles Gesicht, und sie hätte gern alles ihrer Schwester erzählt und dachte sieht man es mir nicht an? Siehst du nicht, dass ich mich verliebt habe?

Francesco kam genau in dem Moment zurück, als Agnese das Feuer unter der Pfanne ausmachte, mit hartem Blick und zorniger Stimme sagte er, Ida, so etwas wie heute Morgen passiert dir nicht noch einmal, ich will keine Flittchen im Haus. Die Grausamkeit seiner Worte ließ ihren Himmel einstürzen, und auch der leichte Märzwind wehte nicht mehr, und sie konnte weder essen noch etwas sagen.

22

Antonio wohnte in Trastevere, bis er zehn Jahre alt war, damals noch mit der Mutter, und er kannte den Fluss und die engen Straßen des Viertels. Als sie starb, im Januar, der süßliche Duft in den Gassen und die Chrysanthemen hinter den verschlossenen Fenstern, die Mama lag ausgestreckt da, mit leicht geöffnetem Mund, und sie gingen fort aus dem Haus und auch aus Trastevere. Mit den Jahren wechselten sie oft das Viertel, denn der Vater trat nie in die faschistische Partei ein und verlor immer wieder seine Arbeit, und wenn sie sich weit entfernen mussten, um eine neue Arbeit zu finden, zogen sie um, in kleine Mietwohnungen mit zwei Zimmern und einer kleinen Küche. In Centocelle waren sie in einem Haus in der Via Tor de' Schiavi untergekommen, da gab es eine große Küche, die sie wenig und schlecht nutzten.

Der Gedanke an Antonio wurde für Ida zur schönsten Sache des Tages und des Abends, und die Erwartung des darauffolgenden Sonntags, an dem alle zusammen ins Kino gehen würden, mit Rita und den anderen Freundinnen, ließ immer neue Träume und Bilder in ihr aufsteigen, von Mal zu Mal schönere. Und Antonio, der an jenem Sonntagnachmittag die Eintrittskarten an der Kasse verkaufte, begrüßte sie alle fröhlich lächelnd. Danach hat sie ihn nicht mehr gesehen, bis zum Sommer. Im Sommer ging sie öfter ins Kino, zusammen mit Agnese und Francesco oder mit den Freundinnen und deren Brüdern, und einmal setzte sich Antonio zu ihnen, neben sie, und während sich ihre Ellenbogen ganz leicht berührten, betrachtete sie abwechselnd die Haut an seinem Arm und die große Leinwand mit dem Film, inmitten von Kinderlärm und Zigarettenqualm. Wochenlang spürte sie Schmetterlinge im Bauch, wenn sie an diesen Arm dachte, der sie leicht berührte, und an sein Lächeln. Sie stellte sich heitere Spaziergänge vor, und wie sie ins Gespräch vertieft sein würden, alles stellte sie sich vor, und wartete ab. Zu Rita und Micol, die sie in jenem Herbst kennengelernt hatte, sprach sie unaufhörlich über ihn. Der Herbst und der Winter waren kalt und voller Hunger, das Brot rationiert, es fehlte an Kohle. Micol sagte zu ihr, sprich mit ihm, finde eine Gelegenheit und sprich mit ihm, und sie dachte, ja, natürlich.

Am Tag der Festa di San Felice stand er da und lachte mit Rita vor den Pärchen, die sich drehten und dem Rhythmus des Orchesters nicht folgen konnten, und sie hatte nicht einmal Zeit zu begreifen, dass er sie zum Tanz aufgefordert hatte, schon tanzten sie, ihre Hand in seiner Hand, und alles andere. Antonio lächelte ihr zu und sie sah, wie sich sein Gesicht veränderte, wenn er lächelte, der Mund schien größer, die Lippen noch weicher, und er sagte ihr, sie sei schön und dass er lange schon mit ihr tanzen wollte, und sie trat ihm auf die Füße und sie lachten, und ein bisschen schämte sie sich auch. Sie hatte Angst, Agnese und Francesco könnten sie sehen oder jemand würde es ihnen sagen. Als das Lied vorbei war, sagte sie, danke, jetzt gehe ich zu meiner Freundin zurück, aber er, nichts da, und sie tanzten noch zu fünf weiteren Liedern, und am Ende sagte er zu ihr, gut, ich lasse dich gehen, aber wir sehen uns wieder.

An diesem Tag begannen die Lügen, die Ausflüchte, die Heimlichkeiten, zehn geraubte Minuten auf dem

Heimweg nach der Schule, an der Straßenbahnhaltestelle oder mit dem Fahrrad auf der Via Casilina. Einmal eine ganze Stunde, gegen sieben Uhr abends im Sommer, als Antonio sie mit dem Fahrrad nach Verano brachte, zum Grab seiner Mutter, und er gab ihr jenen Kuss zwischen Ohr und Hals, nachdem er ihre Haare zur Seite gestrichen hatte, und es war eine Stunde voller Gefühle und Wunder, ein ganzes Wirrwarr, wegen des Ausflugs und der Geheimnistuerei.

Nie jedoch fragte Antonio sie, ob sie sich verloben wollten, Rita sprach sie immer wieder darauf an, fast schon vorwurfsvoll. Was hat das für eine Bedeutung, entgegnete Ida, ich weiß, wie er mich ansieht, wenn wir zusammen sind, wie er mich anlächelt. Als der Regen kam und die Abende kürzer wurden, sah sie ihn nicht mehr, auch wenn sie alles daransetzte, an seinem Haus vorbeizugehen oder am Kino. Einmal, an einem Novembernachmittag, schien es ihr, als habe er sie gesehen und sei in eine andere Straße eingebogen, es ist mir nur so vorgekommen, er hat mich nicht gesehen, bestimmt hat er mich nicht gesehen. Als Fausto ihr vor Rita sagte, was willst du mit dem, der hat zehn Freundinnen gleichzeitig, packte sie eine solche Unruhe, dass sie aufstehen musste und im Bad weinte, dann sagte sie sich, das ist nicht wahr, das ist nicht wahr, was weiß der schon, er ist ein Jüngelchen. An dem Tag, als Francesco starb, kam auch Antonio, wie alle, vorbei, um sein Beileid auszusprechen, und er begrüßte Ida und fragte sie, wie geht es dir, ohne ihr ins Gesicht zu sehen.

Der Kampf brachte sie noch einmal zusammen, und Ida sagte sich, ich wusste es, ich wusste es, siehst du, dass er am Ende mich wollte.

23

Die Stunden vergehen, und es scheint ihr immer sinnloser, hier drinnen eingeschlossen zu bleiben, ohne dass es jemand weiß, ich glaube, das war dumm von mir, sobald Rita kommt, sage ich es ihr und wir gehen zusammen raus. Dass Rita nicht kommt, macht sie ungeduldig, wütend kaut sie am Daumennagel.

Es ist der dritte Tag, den sie in der Höhle verbringt, und sie ist sich sicher, dass kein Faschist sie sucht, kein Deutscher. Ihr ist, als werde sie von Nutzlosigkeit erdrückt, dann von Müdigkeit, dann von Trübsal. Sie wünschte, jemand würde sie umarmen. Sie wünschte, zu Hause zu sein und dass Agnese ihr übers Haar striche. Wer weiß, was sie gerade tut, Agnese, wer weiß, was sie über mein Fortsein denkt, ob ich ihr fehle.

In letzter Zeit hatte sie sie lachen sehen, über Bettos Scherze, und es kam ihr so vor, als hätte sie nie gelacht, bis er kam. Sie wusste auch, dass sie ihm ein bisschen von ihrer Butter schenkte, oder von ihrem Brot, und sie freute sich über diese schönen Momente, für Agnese. Sie erinnert sich, wie sich nach und nach die Art geändert hatte, in der ihre Schwester mit Betto sprach, dass sie aufgehört hatte, ihm vorzuwerfen, sie in diese Situation gebracht zu haben, ihm zu sagen, du bist ein Gesetzloser, in mein Haus darfst du nicht kommen. An einem regnerischen Morgen Anfang Mai kam er zu ihnen ins Haus und sprach stundenlang, in allen Einzelheiten erzählte er von seinem Leben. Er sprach von seinem Vater Franco, einem der ersten, die sich ein Haus im Quadraro gebaut hatten, von Mariuccia, meine Mutter, nein, sie ist schon als Mädchen nach Rom gekommen, aus dem Norden, aus Ferrara, und sie ist in Primavalle aufgewachsen, auf der anderen Seite von Rom. Er erzählte von der Zeit, als er geboren wurde, Mariuccia war fast vierzig, und weitere Kinder hatte sie nicht bekommen, weder vorher noch nachher, und als er herauskam, ganz rot und schreiend, hatten sie ihn dem Schutz der heiligen Rita anvertraut. Er erzählte von seiner Kindheit, dann von seiner Jugend, und während er sprach, regnete es und der Wind ließ den Regen gegen das Fenster schlagen, und es war gar nicht wie im Frühling.

Agnese dachte, wie diese Geschichte ihrer eigenen glich, wegen der Armut und der Liebe und der Umgangsweise, viel mehr als der von Francesco, und dennoch kam er ihr weniger grob vor als er, sondern freundlicher, dieser Mann, der am Stadtrand aufgewachsen war.

Dann erzählte Betto davon, wie er Ignazia kennengelernt hatte, und dass sie sich verlobt und dann geheiratet hatten, und dass er sie liebhatte, sie haben geheiratet, als vom Krieg noch nichts zu spüren war, und er war Soldat und auf Urlaub, und dann, nicht einmal ein Jahr später, starb Ignazia in einem Bunker, diese große Bombe, erinnert ihr euch? Agnese unterbrach ihn nicht, um zu sagen, wie Francesco, mein Mann. Er sagte, die ganze Zeit denke ich an meinen kleinen Jungen, an meinen Rocco, den ich schon seit einem Monat nicht gesehen habe. Er berichtete von der Flucht nach dem Waffenstillstand, als er nicht wieder Soldat sein wollte, für die neue Republik, und von seinem Freund, den er überredet hatte, mit ihm zu kämpfen, wie er nicht schießen konnte, an jenem Morgen, hinter der Via Appia

Antica, und dass die Kameraden ihm rieten, sich ein wenig abseits zu halten. Er erzählte von jenem verfluchten 17. April, als im Morgengrauen die Lastwagen im Quadraro ankamen und sie die Menschen fortbrachten, Haus für Haus, und wie es ihm gelungen war zu fliehen und er sich dann in Dachböden und Ställen versteckt hatte. Er erzählte, und der Regen ließ nicht nach, und Agnese war aufgeregt und versuchte von Beginn an, ihre Tränen zurückzuhalten, so wie Ida. Er sprach lange, ohne wie sonst Scherze zu machen, ohne Sprüche und Anekdoten, und Agnese dachte, dass nie zuvor ein Mann so lange mit ihr gesprochen hatte.

24

Am Morgen des 1. Juni verlässt Agnese ihr Bett, ohne geschlafen zu haben, all ihre Gedanken gelten Ida und was ihr geschehen sein mag, denn sie hat begonnen, an der Geschichte mit der kranken Frau zu zweifeln, sie ist nicht einmal vorbeigekommen, um ihr Bescheid zu sagen, wie konnte das sein. Am Tag zuvor ging sie zu Don Pietro, um mit ihm zu sprechen, und einige Sätze und sein Gesicht ließen ihre Zweifel noch größer werden. Sie sprach mit Ginos Mutter, die ihr nur sagen konnte, ich habe es dir doch gesagt, dass sie zu den Partisanen geht, sie wird in eine Sache reingeraten sein, in ihrer ein wenig im Halbschatten liegenden Küche, aber du wirst sehen, es geht ihr gut, mach dir keine Sorgen.

Agnese, sagte die Nachbarin noch, ohne ihr ins Gesicht zu sehen, ich wollte dir noch erzählen, dass heute Morgen ein Mädchen vorbeigekommen ist, das suchte nach Betto und sagte, er sei ein Spion.

Agnese antwortete der Nachbarin, bitte, ich will nichts davon wissen, meine Schwester, meine Schwester Ida. Sie ging zu Rita, und ihr Schweigen nahm ihr jede Ruhe, sie ging wieder, verärgert über dieses Mädchen, für wen hält sie mich, ich bin doch nicht dumm. Als sie ein zweites Mal zu Rita ging, am Morgen des ersten Juni, traf sie auf der Treppe den Doktor, und als sie anklopfte, machte ihr Renata auf und sagte, Annina hat so hohes Fieber, dass wir uns Sorgen machen. Sie bat sie nicht einmal herein. Und ihr Vater ist weit weg, wir haben keine Ahnung wo, wenn sie mir stirbt, kann ich es ihm nicht einmal sagen. Für Agnese hörte sich das an wie ein Vorwurf, denn sie wusste nicht, was es bedeutet, Angst zu haben, dass dir ein Kind stirbt, und sie ging mit einem Gefühl der Beklemmung und der Nutzlosigkeit.

Rita, in Anninas Zimmer, Anninas trübe Augen, hatte Agneses Stimme gehört und nicht den Mut aufgebracht hinauszugehen, sie dachte wieder, dass das keine Entscheidungen sind, die zwei junge Mädchen treffen können, dass Ida nicht in der Höhle bleiben kann, dass sie es ihrer Schwester hätte sagen müssen und Don Pietro, sei es um den Preis, das Geheimnis zu verraten. Und sie musste wieder hingehen, zur Höhle, denn auch am Vortag war sie nicht dort gewesen, aber sie konnte sich nicht von Anna entfernen, ihrer kleinen Schwester, du wirst sehen, alles wird vorübergehen.

Zur Mittagszeit war Fausto noch nicht zurück vom Anstehen nach Mehl und Butter. Anna schlief einen unruhigen Schlaf, schweißgebadet, und Rita und Renata aßen wenig und schweigend. Am Nachmittag kam es Rita in Annas Zimmer sehr heiß vor, die Minuten, die sie unentwegt auf der großen Uhr an der Küchenwand nachprüfte, schienen nicht zu vergehen, die Türen standen offen und Renata lief hin und her. Als Fausto zurückkam, war es, als wachten alle wieder auf, und Anna konnte die Milch trinken, die er aufgetrieben hatte und die er sie fast zwang hinunterzuschlucken, und er brachte sie zum Lachen dabei und ihre Augen leuchteten wieder. Ihr werdet sehen, sie hat nichts, sagte er zu Mutter und Schwester, jetzt sinkt das Fieber, macht nicht so ein Gesicht, sie ist ja nicht gestorben. Renata ist am Küchentisch eingeschlafen, und Fausto ging noch einmal weg, während Rita wartete, dass die Nacht hereinbrach und sie den Mut fand, sich von der Schwester zu lösen und zu Ida zu gehen, wenn ich mich beeile kann ich's schaffen, was kann schon passieren, eine Stunde, länger würde ich nicht wegbleiben. Ihr wenigstens etwas zu essen bringen. Sie hat nicht einmal gemerkt, dass sie eingeschlafen ist, gerade auf dem Sessel sitzend, mit hin und her wiegendem Kopf.

Agnese verbrachte einen Tag voller Sorge, sodass sie nichts tun konnte, nicht einmal essen, nur nach draußen schauen konnte sie, wie sich die Farben der Luft veränderten, zwischen Nachmittag und Abend, und an Ida denken, die ihre Schwester, aber auch ein wenig ihre Tochter war, und an die Liebe und die Verantwortung. Und sie dachte an ihre anderen Schwestern und an die Eltern, an die Briefe, die sie sich schrieben und die immer zu kurz waren. Sie bekam Lust, sie noch einmal zu lesen, und sie stand auf, nahm aus dem Glasschrank der großen Anrichte eine Schachtel aus hellem Holz und fand auch die wenigen Briefe, die ihr Francesco geschrieben hatte, als er fort war, dann schloss sie die Schachtel wieder, denn es war schon dunkel geworden. Beim Lesen weinte sie leise. Als sie ins Schlafzimmer ging, betrachtete sie lange die beiden Hochzeitsbilder über der Kommode, sie und Francesco allein, und dann die ganze Familie versammelt. Wir waren so schön, so stark, und nichts davon ist geblieben.

25

In der Höhle geht der Tag früher zu Ende, Ida ritzt einen weiteren Strich in den Stein, neben einer großen und langsamen Spinne, und wieder fragt sie sich, ob wir nicht eine große Dummheit gemacht haben, sie und Rita, zu denken, sie könne hier drinnen bleiben, und wieder fragt sie sich, wo ist Rita, warum kommt sie nicht wieder.

Als sie jetzt das Geräusch von Schritten aus dem langen Gang hört, denkt sie sofort, da ist er, er ist zurückgekommen, der Große mit dem Scheitel, dieses Mal allein.

Sie drückt sich flach an die Wand und schleicht bis an die Stelle, die ihr am dunkelsten zu sein scheint, er ist zurück und er ist allein, sie betrachtet ihre zitternden Hände und hört ihr Zähneklappern, das scheint ihr das Schlimmste zu sein, was passieren kann, die hassenswerteste aller Ungerechtigkeiten.

Als sie ihn sieht, erkennt sie ihn nicht, und als sie ihn erkennt, kann sie nicht glauben, dass es Antonio ist, Antonio, meine Seele, und sie ruft ihn mit gespannter, spitzer Stimme, und er sagt, Ida, und er umarmt sie, schnell und ein wenig trocken, froh und verlegen zugleich, wie geht es dir, und wie geht es dir, sieh, was ich dir mitgebracht habe, hast du Hunger? Ida hat Hunger, seit zwei Tagen kommt niemand, seit zwei Tagen hat sie nichts gegessen, und dann ist der Hunger auch der angestaute Hunger der langen kalten Wintermonate, der nicht enden wollenden Sommertage, dieser letzten Jahre des Krieges, vier Jahre angestauten Hungers. Antonio hat Brot und ein Omelett mitgebracht, ein Brot, das aus echtem Mehl gemacht zu sein scheint, und im Omelett die Zucchini, und auch einen Apfel hat er mitgebracht, und Ida kann sich nicht vorstellen, woher all das gute Essen kommt. Sie isst langsam, in kleinen Bissen, der Magen ist verschlossen vom langen Hungern und von der Aufregung, sie isst langsam, und wie hast du mich gefunden, Antonio? Weißt du es von deinem Freund? Antonio erzählt, von ihm, ja, zusammen mit den beiden, die dich hier gefunden haben, bin ich auf dem Land bei Tivoli, er erzählt von den Aktionen gegen deutsche Militärfahrzeuge, den Nägeln, die sie an drei Stellen auf der Straße anbringen, von den Bauern, die sie verstecken, ihn und seine Gefährten. Er erzählt von dem Sizilianer, mit dem er sich angefreundet hat, einer aus Alessandrina, davon, dass sie sich einmal, vor dem Krieg, geschlagen hatten, wegen einer Dummheit, sie erinnern sich beide daran, an das Blut und die Schläge, die sie sich auf der Straße zugefügt hatten. Und jetzt waren sie unzertrennlich, in diesem Krieg, in diesem Krieg zu Hause.

Ida isst langsam und hört Antonio zu und sieht, wie sich seine Augen schnell bewegen und beim Erzählen zu leuchten beginnen, diese großen hellen Augen unter den langen dichten Wimpern, den Eindruck aber, dass er sie nicht ansieht und sich nicht nach ihr erkundigt, verscheucht sie mit einem Stück Brot und einem Blick auf seine Lippen und den Leberfleck dort rechts unten. Denn er ist ein Mann, er tut etwas, etwas Interessantes, das sagt sie sich mit einer Stimme, die nicht die Ihre ist. Er spitzt die Lippen, als er zu erzählen beginnt, die

Amerikaner, Ida, die Amerikaner sind da, ich habe sie gesehen, hinter dem Ponte di Nona, sie kommen, ich schwöre es dir, es dauert nicht mehr lange, Ida, halt noch ein bisschen durch und wir werden auf der Straße feiern.

Er wird plötzlich ernst und fragt, warum hast du dich hier versteckt? Und Ida, nach Worten ringend, erzählt ihm von dem Morgen, an dem alles schiefgegangen ist, dass sie nicht wusste, was sie tun sollte, von der Trostlosigkeit hier in der Höhle. Antonio sagt es ist besser, wenn du, sobald Rita kommt, mit ihr nach Hause zurückgehst, die Gefahr ist fast ganz gebannt, es ist bald vorbei. Ida fühlt eine Erschütterung, sie spürt, dass er sich wirklich Sorgen macht, und sie kann nicht aufhören, seine Lippen zu betrachten.

Und dann tut sie etwas, etwas, das wer weiß woher kommt, wer weiß, wo sie es schon einmal gesehen hat, so etwas, nicht einmal im Kino, gewiss nicht, ihre Schwestern täten so etwas nie, nicht einmal Rita, so etwas. Sie schleppt sich über den Boden aus Puzzolanerde und dann schmiegt sie sich plötzlich an ihn, die Arme um den Hals, das Gesicht auf die Brust. Dann spürt sie eine große Stille und mitten darin ihren Atem und die Schläge ihres Herzens, das rast. Sie spürt Antonios Hand, die ihren Kopf anhebt und seine Lippen auf ihren Mund legt und dann spürt sie seine große flache Zunge in ihrem Mund. Und sie weiß nicht, wie sie ihre Zunge bewegen soll und sie tut eigentlich nichts anderes als stillzuhalten, während alles in ihr aufgewühlt wird.

Sie hat nicht auf die Zeit geachtet und weiß nicht, wie viele Minuten vergangen sind, seit Antonio mit einer brüsken Bewegung ihren Kopf beiseitegeschoben hat, aufgestanden ist, ein wenig zu lächeln versuchte und ihr dann sagte, mach dir keine Sorgen, bald sind wir draußen. Dann war er fort.

26

Antonio ist gegangen, und Ida weiß nicht, ob sie glücklich oder verzweifelt ist. Sie weiß nicht, ob sie an diese Art Traum glauben soll, den sie mit offenen Augen träumt, in der Stille, wenn sie sich vorstellt, auf den Straßen zu feiern bis hin zum Lungotevere, mit Rita, Agnese und all den anderen Leuten, in der Hitze des Sommers. Antonio, der auf sie wartet und ihre Schwester um die Erlaubnis zu ihrer Verlobung bittet, und wir werden zusammen auf den Straßen feiern, von hier, von Centocelle, mitten im Staub der Via Casilina, bis hin zum Kolosseum, zum Altar des Vaterlands, arme Heimat, arme geschundene und verwüstete Welt, ich Arme, ganz allein mit meinen traurigen Augen. Oder sollte sie doch eher an die Stimme in ihrem, Idas, Kopf glauben, die immer wieder sagte, sie werden dich finden, sie werden dich finden und foltern, und du wirst in dieser Höhle sterben, oder du gehst hinaus und sie werden dich hinterrücks erschießen, während du nach Hause zurückgehst, oder dieser Krieg wird noch ganze Jahre voller Kämpfe und Angst dauern, und Antonio, Ida, siehst du denn nicht, dass er dich nicht will, dass er dich nicht geküsst hätte, wenn du dich ihm nicht aufgedrängt hättest? Und sie weint. Lange. Das Schluchzen und der abgehackte Atem. Micol, meine Freundin, wo bist du? Und sie denkt an Agnese, dass sie sich, seit Francesco tot war, angenähert hatten, sie fühlte sich auch ein wenig schuldig, aber es kam ihr so vor, als sei Agnese etwas fröhlicher, alles um sie herum war Schutt und Asche, und Agnese arbeitete, sie tat, was zu tun war, und sie hatte wieder angefangen zu singen.

An einem Abend zu Beginn des Winters lief Ida, zu Boden blickend, umher und stieß einen Stein vor sich her, immer denselben, als Kind hatte sie das manchmal getan, auf dem Weg zur Schule, es war immer derselbe Stein, und manchmal fand sie ihn wieder, wenn sie aus der Schule kam, aber beim Nachhauseweg ging man am Ende immer mit den Freundinnen mit, und sie vergaß den Stein. Sie hob die Augen und sah Rauch aus dem Kamin aufsteigen, es war das erste Mal, dass Agnese Feuer machte, seit die Kälte eingesetzt hatte. Sie lief immer schneller, und ihre Stimmung wurde besser. Der Geruch, den der Kamin verströmte und den man schon von draußen wahrnehmen konnte und der drinnen stark war, der Geruch und das Geräusch, und sie fühlte eine Heiterkeit in sich aufsteigen, bis zu den Haaren hinauf. Seit sie fort war, weg von der Insel, brachten sie Gerüche, wenn es die gleichen waren, dorthin zurück, der Geruch des Kamins und die Schwestern, um ihn herum sitzend, die Mutter, die kochte und ihre Stimme, die sich in ihre Unterhaltungen mischte, der Vater, der mit dem Esel durchs Zimmer ging, um ihn über die Veranda in den Stall zu bringen. Der Kamingeruch in der kleinen Küche ihrer Großmutter Lucrezia, vermischt mit dem Geruch nach Katzenhaaren, denn sie schliefen im Kamin und versengten sich den Schwanz, aber keine, glaube der Großmutter, Ida, keine hat je wirklich Feuer gefangen. Lucrezia hätte ihr als Name gefallen, mehr als Ida, aber ihre Mutter wollte keiner von ihnen den Namen der Großmütter geben, ohne je den Grund dafür zu nennen, aber nein, ich habe nein gesagt, sie werden anders heißen.

Großmutter Lucrezia, schrieb die Mutter in einem Brief, ist in einer Sonntagnacht gestorben, im Schlaf, sie hat nicht gelitten, die Arme, wir beten für sie. Ida hat sie zu selten umarmt. Und als sie fortging, hat sie zu ihr gesagt, wenn ich sterbe, bist du nicht da, und Ida hat geantwortet, bestimmt bin ich da, Großmutter. Aber sie war nicht da, sie ist nicht mehr zurückgekehrt, die Großmutter ist tot und ich bin auf der anderen Seite des Meeres.

Sie schläft auf der Decke ein, die am Boden ausgebreitet ist, und noch immer schmerzen sie Rücken und Hals. Sie schläft ein und träumt von einem dunklen aufgeblähten Meer, auf das sie von oben herabblickt, so als flöge sie, dann von einer aufsteigenden engen Straße, die zu einem hohen, zweistöckigen Haus führt, und von dort kann sie auch die ganze Insel sehen. Immer wieder wacht sie auf und wälzt sich hin und her, dann schläft sie wieder ein und da ist das Mädchen, das in Micols Haus gearbeitet hat, aber ein Kind wie sie, und sie tollen mit den Hunden im Hof herum, und der gelbe leckt ihr lebhaft das Gesicht ab, mit der Liebe der ganzen Welt.

27

Sie erwacht mit dem angenehmen Gefühl, dass der gelbe Hund ihr das Gesicht ableckt. Dann ritzt sie eine weitere Kerbe in die Wand, macht vier Tage, die sie in der Höhle ist. Die Stunden bringt sie damit zu, an Antonio zu denken und sich die Gespräche auszumalen, die es nicht gegeben hat, ein anderes Ende als sein brüskes Fortgehen, und sie wartet auf Rita, um ihr alles zu erzählen und sie zu fragen, meinst du, er hat mich noch gern?

Als Rita am Morgen des 2. Juni erwacht, kommt ihr Anninas Hand, die ihr über den Kopf streicht, weniger heiß vor. Das Zimmer riecht nach Schweiß, und die Augen des Mädchens sind nicht mehr so trübe, sie lächelt ihr zu, während sie die Mutter mit der Signora von der Etage unter ihnen sprechen hört, die Arme hat so viel Hässliches gesehen und jetzt schon genug von diesem Leben, das uns zugefallen ist. Heftig ihr Schmerz und der Gedanke an Ida, dort allein, und es niemandem sagen zu können und nicht hingehen zu können. Sie sagt sich, wenn es Anna wirklich besser geht, kann sie zur Höhle zurück, und sie fragt sich, was sie Agnese sagen wird, die ihr bestimmt nicht geglaubt hat. Don Pietro ist zweimal hergekommen, um für Annina zu beten und Rita und Renata zu trösten, und Rita schien es, als glaubte auch er es nicht und verdächtigte sie, sie wüsste, wo ihre Freundin Ida war. Über Ivano wusste man noch nichts. Als der Doktor kommt, sagt er, es geht dem Mädchen besser, gebt ihr noch etwas Milch und lasst sie schlafen. Renata verbringt den ganzen Tag draußen, um etwas zu essen aufzutreiben, und wieder kann Rita nicht aus dem Haus.

Am Abend klopft es an der Tür und es ist nochmals Don Pietro und sofort danach kommt auch Agnese, und alle sind in der guten Stube, da ist der Geruch nach Medizin und nach den Trockenerbsen, die Renata gerade kocht. Sie sprechen von Anna, der es besser geht, und dass Fausto etwas Milch hat auftreiben können, Agnese sieht die ganze Zeit Rita an, aber keine Frage kommt über ihre Lippen.

Plötzlich fängt Rita an zu weinen, dann versucht sie, sich mit ihrer eigenen Stimme Mut zuzureden und sagt langsam und mit Mühe, Ida ist in einer Höhle versteckt, dort, wo wir als Kinder zum Spielen hingingen, sie sollte ein paar Papiere ins Stadtzentrum bringen, an jenem Morgen, man hat sie entdeckt und sie bekam Angst und dann hat sie sich dort verkrochen. Das Geräusch des kochenden Wassers und der Geruch nach Erbsen, Agnese sagt, ich wusste es, aber ihre Stimme zittert nicht, sie sagt, ich wusste es, warum hast du mir das nicht gleich gesagt? Warum hast du das nicht gleich gesagt, fragen auch Renata und Don Pietro, und Rita weiß nicht, was sie antworten soll, sie fühlt sich klein und dumm, und sie bereut, es nicht schon früher erzählt zu haben. Agnese sagt mit bestimmter und harter Stimme, geh und hol sie, geh und bring sie nach Hause zurück. Und Rita sagt mit gebrochener Stimme, sie hat nicht mal was zu essen, seit zwei Tagen hat sie nichts zu essen, sie wird Angst haben und frieren, verzeiht mir, verzeiht mir alle. Und Fausto, der nun auch hinzugekommen ist, meint, gehen wir, Ri', gehen wir zusammen hin.

Agnese geht nahezu grußlos, als sei sie enttäuscht von Rita und Renata und Don Pietro, die alle wussten, dass sich ihre Schwester den Partisanen angeschlossen hatte. Sie geht mit großer, zehrender Angst und einem Wirrwarr an Gedanken im Kopf, den sie nicht auseinanderbekommt. Sie kehrt nach Hause zurück, schließt die Tür, legt den Schal ab, denkt nach, während sie Wasser aufsetzt, um zu baden, sie denkt, alle, alle sind Partisanen hier im Viertel, es ist wie ein Wespennest, sie denkt, auch Don Pietro, und die Nachbarin, Gino und Ivano, und meine Schwester Ida, und sie denkt, am Ende auch ich, weil ich doch etwas Butter für Betto beiseitelege.

Als sie an Betto dachte, sagte sie sich, dass nunmehr der Moment gekommen war, alles zu erfahren, so viel war er ihr jetzt wert, und sie klopfte an die Tür von Ginos Mutter, um sich die ganze Geschichte erzählen zu lassen.

28

Ida sieht Rita zusammen mit Fausto kommen, und erst steigt Ärger über Rita in ihr auf, doch dann fühlt sie sich erleichtert. Sie umarmen sich und Rita sagt, du kannst dir nicht vorstellen, was passiert ist, Ida, in diesen Tagen, und zu wissen, dass du hier allein bist, hat mir fast das Herz zerrissen, aber da oben, du weißt nicht, was alles. Und sie erzählen ihr von den Geschehnissen, von Annina und Ivano und den anderen. Sie sprechen und lachen und Ida isst und erzählt von den beiden Jungen, die in der ersten Nacht hereingekommen sind, von Antonio, aber da sagt sie nicht alles. Sie sagen, lass uns gehen, Ida, gehen wir nach Hause zurück, alle denken, es ist sinnlos, sich hier weiter zu verstecken, hier in Centocelle wird dich niemand suchen, und du wirst weniger auffallen, wenn du dein normales Leben weiterführst, anstatt zu verschwinden und niemand weiß, wo du bist.

Sie heben die Decke und den Teller auf und gehen hinaus, die Sonne sinkt schon Richtung Abend, aber das Licht wirkt so stark auf Ida, dass ihr die Tränen kommen, oder vielleicht ist es wegen der Gefühle. Alle zusammen gehen sie zu Agnese nach Hause, die sie ohne ein Wort umarmt, und sie sprechen, bis Rita und Fausto gehen, bis morgen, gute Nacht und habt keine Angst. Ida findet das warme Wasser im Waschtrog, sie zieht sich aus und badet, und es scheint, als wolle sie nicht mehr herauskommen aus dem Waschtrog und dem warmen Wasser, das den Schmutz und die Anspannung von ihr löst.

Dann essen sie, sie und Agnese, Wasser und Rüben, und zunächst wissen sie nicht, was sie sagen sollen, dann fängt Ida an, sie nach Betto zu fragen und Gino und dessen Mutter, und Agnese erzählt ihr, dass am Morgen ein Mädchen vorbeigekommen ist und nach Betto fragte, Ginos Mutter wollte ihr erst nicht aufmachen, denn sie hatte sie noch nie gesehen, und sie sagte, Signora, der junge Mann, den Sie im Haus haben, ist ein Spion, wir müssen ihn finden, ihr müsst ihn uns ausliefern. Die Nachbarin sagte, welcher junge Mann denn, was wollen Sie denn, hier lebe ich mit meinem Sohn Gino, gehen Sie. Die Sorge aber ist bei allen haftengeblieben, wer war das und was wusste sie, und Betto kam nicht zurück und die Nachbarin ging am Nachmittag die Via Casilina entlang bis zur Fleischerei an der Porta Maggiore, um Gino zu sagen, mein Sohn, da war ein Mädchen, das sagt, Betto sei ein Spion, was soll ich jetzt tun. Gino sagte, geh nach Hause, wenn ich heute Abend komme, werden wir sehen. Agnese erzählt und ist verzweifelt und sagt, Ida, ich weiß nicht mehr, was ich denken soll, das einzig Sichere ist die Angst. Ida ist verblüfft und sagt, lass uns gehen, erkundigen wir uns.

Die Nachbarin lässt sie herein und schließt die Tür, und auch die Fenster sind geschlossen, Gino, der am Tisch sitzt, sagt Guten Abend und sieht dabei vor allem Ida an, die sich unwohl fühlt, und einige Sekunden lang sehen sie sich in die Augen. Dann senkt Gino seinen Blick auf den leeren Teller, während die Nachbarin fragt, du, wo bist du gewesen, dass man dich nicht finden konnte und wir uns Sorgen gemacht haben. Ida antwortet nicht und blickt wieder zu Gino, der anfängt, über Betto zu sprechen, er sagt, dass es wahr ist, dass ihn eines Morgens zwei Faschisten überrascht haben, als er die Via del Mandrione entlangging, und dass sie ihm gesagt haben, wir wissen, wer du bist, und er, aus Angst, dass sie ihn da sofort erschießen, sagte, ich kann euch helfen, ich weiß da ein paar Dinge. Er sagt, dass er den beiden seit einigen Wochen die Dinge erzählt, die er weiß, nicht alles, aber genug immerhin, dass sie dann drei von ihnen verhaftet und in die Via Tasso gebracht haben, nachdem sie sie aus ihren Häusern geholt hatten, einer war noch im Schlafanzug.

Agnese wird rot, und wie von Wut gepackt schreit sie, ich habe es euch gesagt, ist euch klar, was das bedeutet. Und die Nachbarin weint und sagt, und jetzt, was machen sie mit ihm? Sie töten ihn, sagt Ida mit fester Stimme. Sie dreht sich zu Gino um und fragt, ob sie ihn schon gefunden haben, und Gino sagt, nein, er hat sich gut versteckt, sie können ihn nicht finden. Und sie fragt, wer das Mädchen sei, das ihn am Morgen hier gesucht hat, und woher sie es wusste. Gino sagt, dass es eine von den Gap, den Partisanenzellen aus dem Stadtzentrum gewesen ist, und Agnese fragt, was das sei, niemand antwortet ihr, und Gino sagt, sie heißt Lucia.

Ida erinnert sich an sie, Lucia von den Partisanenzellen, und dass sie in Wirklichkeit Gioia de Pascalis heißt. Einige Monate zuvor sind sie sich in einem Haus im Zentrum begegnet, in einer kleinen Straße hinter der Piazza Navona, in einem Haus, das nicht Lucias war, sie wusste nicht, wessen Haus. Sie war losgegangen, um einige Papiere zu übergeben, in einer Tasche mit sauberer, gerade ausgebesserter Kleidung. Wie immer wusste sie fast nichts, von dem abgesehen, was sie sich hatte zusammenreimen können, als sie sie mit der Schreibmaschine abtippte, aber nie hatte ihr jemand irgendetwas erklärt oder erzählt, je weniger sie wisse, desto besser, hieß es. Sie wusste, dass sie ein Mädchen treffen sollte, vor dem Vierströmebrunnen von Bernini, dass sie Silvia hieß, und sie dachte, genau, so wie ich Maria heiße, das Mädchen würde eine Melodie pfeifen, ihre Melodie, wie immer.

Vor dem Brunnen fand sie ein pfeifendes Mädchen, das zwölf Jahre alt gewesen sein dürfte, sie dachte, dass sie sich wohl geirrt hatte und wusste nicht, was sie machen sollte. Das Mädchen aber näherte sich ihr und fragte, Maria? Und sie lächelten, und dann sagte Silvia, gehen wir. Ida folgte ihr in unbekannte schmale Gassen, in der kalten Januarluft, bei wolkenlosem Himmel und Alpenveilchen auf den Fensterbrettern. Sie verfolgte Silvias Locken, die bei jedem Schritt hin- und herschwangen, und keine von beiden sagte ein Wort. Vor der Haustür sah Silvia sie an und lächelte wieder, und Ida war einen Moment lang überrascht, vor diesem ernsten und doch so unbeschwerten Mädchen, vor dieser großen und mächtigen Tür, die Stadt besetzt von Deutschen und Faschisten, der Kampf im Untergrund und alles andere.

Im Inneren befand sich ein heller eleganter Salon, der Kamin war angezündet und auf dem Tisch standen Wein und Schokolade, und Ida dachte, es hat nie Krieg gegeben. Silvia war sofort verschwunden, während Ida von einem schönen und unterkühlt wirkenden Mädchen empfangen wurde, dem sie die Papiere aushändigen sollte und das ihr eine Menge Fragen über die Arbeit der Genossen von Centocelle stellte, aber Ida wusste nicht, was sie antworten sollte, ich bin nur eine Botin, Signorina. Nenn mich nicht Signorina, ich bin Genossin Lucia. Sie bot ihr ein Glas Wein und ein Stück Schokolade an, das Ida aus Verlegenheit lange in der Hand hielt, bevor sie es aß und von dem Wein trank.

Lucia hatte kurze Haare und trug die seltsamste Kleidung, die Ida je gesehen hatte, eine Winterjacke, die weder kurz noch lang war, und darunter einen Schottenrock, Männerstrümpfe und -schuhe, und trotzdem wirkte sie elegant und schön. Und während die Schokolade zwischen ihren Fingern zu schmelzen begann, fiel Ida ein, dass sie diesem Mädchen, Genossin oder Signorina, schon einmal begegnet war, und sie erinnerte sich auch wo.

Mit einem langen geblümten Kleid, vornehm und kühl wirkte sie, stand sie vor dem *Caffè Giolitti*, zusammen mit jenem Jungen, den sie nie vergessen hatte. An einem Sonntagnachmittag im Oktober kurz nach ihrer Ankunft ging sie mit Agnese und Francesco spazieren, mit einem Eis in der Hand, es wird Schokolade gewesen sein. Vor dem Café nähert sich Francesco lächelnd einem Mann mit Schnurrbart und den anderen, die sicher Frau und Kinder waren. Grüße und gegenseitiges Händedrücken und Erklärungen, sie hätten sich in Cagliari kennengelernt, Jahre zuvor, ausgerechnet im Haus von Francesco, der damals noch ein Junge war und zur Schule ging. Meine Frau Agnese, meine Nichte Ida, nun ja, seit mehr als zwei Jahren inzwischen, beim Ministerium, beim Innenministerium. Die Signora hingegen kenne ich wohl eher nicht. Das ist meine Schwester, und der Junge hier ist mein Neffe Giaime, auch er ist aus Cagliari hergekommen, als er sechzehn Jahre alt war, und das sind seine Freundinnen Gioia und Alma de Pascalis. Junggesellen, denkt Ida, zwei ledige Brüder. Ida sah sie an, Giaime und die Schwestern Gioia und Alma de Pascalis, sie blickte auf ihr Eis und wusste nicht, was sie tun sollte, das Eis begann zu schmelzen, sie fing wieder an zu lecken, und da waren die Scham und das Unbehagen vor diesen drei Schönen und Vornehmen. Francesco sagte, wollt ihr meine Nichte Ida entschuldigen, aber sie hätten ihr das Eis gerade erst gekauft. Bitte iss doch, iss, Kindchen, sagte die Frau Tante. Da hasste Ida Francesco, der hinzufügte, auch sie sei gerade in Rom angekommen, wisst ihr, aus dem Dorf, sie ist erst elf, und Ida hätte im Erdboden versinken können, zwölf, zwölf bin ich und jetzt hör auf damit. Und es schien ihr, als lachten Gioia und Alma, und sie hasste auch sie, die so schön, elegant und selbstgefällig waren.

Giaime sah ihr ins Gesicht und vielleicht sah er ihr das Unbehagen an, denn er lächelte ihr zu und ergriff ihre Hand, Ida fühlte ein Brennen am Arm und im Gesicht, und seines war dunkel, die Lippen fleischig und ein wenig geöffnet und sie ließen weiße gerade Zähne erkennen, es kam ihr so vor, als würde sie ihn schon immer kennen, und ihr war, als könnte sie ewig so bleiben, an seiner Hand, bis ans Ende der Zeit und der Welt, übers Meer bis nach China. Er sagte zu ihr, du wirst sehen, Rom ist schön, Signorina, du wirst dich in die Stadt verlieben. Dieses Lächeln und diese Augen, die sie einen Augenblick lang verstanden hatten, trug sie für immer bei sich, in jedem Moment, in dem Rom sie auszehrte, sie erdrückte, sie besiegte.

29

Ida konnte sich nicht zurückhalten und sah Lucia an und sagte, aber in Wirklichkeit heißt du Gioia! Diese sah sie ebenso überrascht wie gleichgültig an, nur die Nasenflügel blähten sich ein wenig auf, aber sie sagte nichts. Ida erzählte ihr von dem Nachmittag mit dem schmelzenden Eis, wenn auch nicht davon, was sie damals gefühlt und gedacht hatte. Sie fragte, das bist du doch, oder nicht? Gioia konnte sich nicht an dieses olivfarbene Gesicht erinnern, sie war wirklich sicher, dieses Mädchen nie zuvor gesehen zu haben. Ida dachte, warum nur habe ich mit ihr gesprochen, es ist besser, wenn ich sofort gehe, auch wenn sie ihr Gesicht jetzt etwas weniger unsympathisch und auch trauriger fand. Und sie wollte wissen, wo Giaime war, und wie es sein konnte, dass sie, diese vornehme Signorina, in der Resistenza gelandet war. Sie fingen an zu reden, zunächst in kurzen, knappen Sätzen, dann ausführlicher. Von der Zeit, als der Krieg noch nicht in Rom angekommen war, Gioia verbrachte die Nachmittage damit, auf Sofas herumzusitzen und sich zu unterhalten, während Ida auf den staubigen Straßen des Viertels unterwegs war. Von der Zeit, als erst die eine, dann die andere eine Anstellung gefunden hatte, noch nicht in jenem Oktober, da habe ich noch nichts getan, wir haben noch nichts getan, wir lebten zwischen Salons, Kino und Theater, sagte Gioia.

Sie sprachen, während der Abend vorüberging und ein fast ganz runder weißer Mond an dem noch blauen Himmel emporstieg, man konnte ihn gut aus dem geöffneten Fenster sehen, durch das die frische Abendluft hereindrang. Gioia schien sich langsam wohler zu fühlen, sie kratzte sich an den Armen und sprach von sich und ihren Freunden, denn wir sind in einem schwarzen Dunst geboren und aufgewachsen, ohne je zu merken, wie er an uns klebte. Sie erzählte, und eines Tages haben wir angefangen, Gerüche wahrzunehmen und zu spüren, wie die Dinge beschaffen waren, auch wir selbst, auch Rom. Irgendwann ist uns langsam klar geworden, dass es da, ich weiß nicht, wie ich's sagen soll, kleine Dinge gab, Vorkommnisse und Geschichten. Alessandro war verhaftet und gefoltert worden, schon letzten Mai, Filippo war verhaftet worden und ein Jahr lang eingesperrt, dann haben sie ihn rausgeholt und in den Gräben erschossen, und zu den Gräben haben sie auch Manfredi gebracht, sie haben ihn mitgenommen, als dieser gerade aus der Apotheke seines Vaters in der Nähe der Via Rasella kam, nie hatte er etwas mit Politik zu tun. Alle haben sie zu den Gräben gebracht, alle Gefangenen und die anderen willkürlich Verhafteten, denn sie mussten unbedingt eine bestimmte Anzahl erreichen, dreihundertfünfunddreißig, wegen ihrer verfluchten Vergeltungsmaßnahme. Wir haben nie an die Geschichte geglaubt, dass man diese Rache hätte verhindern können, wenn sich die Bombenleger gestellt hätten. Dieser Befehl wurde bereits ausgeführt. Ida las die Meldung der Deutschen am Morgen des 25. März an der Schulmauer, das ganze Viertel war da und las sie und zitterte. Dieser Befehl wurde bereits ausgeführt, was bedeutet das? Haben sie sie schon geschnappt und umgebracht, wo haben sie sie gefunden? Niemand wollte daran glauben.

Und dann waren da die Brüder D'Arcade, die mit uns ans Meer nach Ligurien fuhren, sie sind in die Schweiz geflohen, aber ohne ihre Mutter, die hat es nicht mehr rechtzeitig geschafft. Am Anfang war uns das egal, Ida, diese Dinge kamen uns weit weg vor. Wir sprachen über Literatur und über Kino, auch über Philosophie. Wir haben geglaubt, was man uns sagte, immer und überall, wir sind mit diesen Worten aufgewachsen und haben sie nie angezweifelt. Die Worte, die sie beschmutzten, die sie ausschütteten, verunreinigten mit den Lügen, die sie uns einpflanzten, wir haben Zeit gebraucht, um zu begreifen, dass die Worte, die er verwendete, keine bloßen Worte mehr waren. Wir haben uns verliebt. Wir haben uns sehr sehr lange Briefe geschrieben. Nicht einmal den Krieg bemerkten wir, wir folgten noch der Mode und gingen in die Theaterpremieren. Es war wichtig, groß zu werden und leben zu lernen, der Krieg war nur ein Zwischenspiel, das vorübergehen würde wie ein Lüftchen, so dachten wir. Wir sahen nichts, Ida, wir hörten nichts.

Ida erinnerte sich an Giaimes Lächeln und an das Gefühl, das in ihr aufgestiegen war, als er sie ansah, und sie blickte zu Gioia und fragte mit schwacher Stimme, wart ihr verliebt? Seid ihr verliebt, du und Giaime? Bist du seine Verlobte? Gioia betrachtete den Mond durch das Fenster und Ida sah sie an und wartete auf ihre Antwort, aber Gioia fragte, und du, warum bist du zur Resistenza gegangen? Und Ida wusste nicht, was sie entgegnen sollte, sie konnte nicht sagen, dass es ihr immer als der einzig mögliche Weg erschienen war. Jetzt die richtigen Worte zu finden, vor Gioia, die sich so gut ausdrücken konnte, zu erklären, dass die Menschen um sie herum, denen sie vertraute, nie an jene Sätze über das Glück und das Gute und das Böse geglaubt hatten, zu erklären, was ihr Lehrer zwischen den Zeilen sagte, dass es ihr so vorkam, als werde die Welt auf den Kopf gestellt, in ihrem Mund, in seinem Mund, den Zwerg nannte ihn heimlich der Lehrer, den Zwerg, der die Worte stahl und beschmutzte. Zu erklären, dass der Antifaschismus das Natürlichste war, aus einem Gerechtigkeitssinn heraus, aus Solidarität. Sie berührte mit Daumen und Zeigefinger ihre Nasenspitze und schüttelte ein wenig den Kopf. Ich glaube, man hätte nichts anderes tun können, Gioia.

Aber Giaime, du hast mir noch nichts über Giaime gesagt. Gioia hatte ihre Augen nicht vom Mond abgewandt, als sie tief durchatmete und sagte, Ida, Giaime ist tot. Er ist durch eine Mine explodiert, auf dem Rückweg von Neapel nach Rom.

Da stieg in Ida, hier in diesem unbekannten Haus, plötzlich eine Traurigkeit auf, von der sie wusste, dass sie fehl am Platz war, aber diese Augen und dieses Lächeln, die sie schon immer zu kennen meinte, die Wärme an ihrem Arm, intelligent und gut, so als wäre mir dieser Tote, der mich doch gar nichts angeht, näher als alle anderen, und ich halte es nicht mehr aus, wirklich nicht, mit all diesem Sterben. Sie weinte still und dann blickte sie zu Gioia, die sich wegdrehte, aufstand, und vielleicht war sie eifersüchtig auf diese Tränen für ihren Toten, denn sie sagte brüsk, jetzt musst du gehen. Sie begleitete sie zur Tür, und im Hinausgehen fiel Idas Blick flüchtig auf Silvias Locken, und sie kamen ihr vor wie ein Hoffnungsschimmer.

30

Auf dem Land war es um halb fünf Uhr morgens feucht, es war jene leichte Feuchtigkeit kurz vor dem Morgengrauen nach einer warmen Juninacht, wie bei ihr zu Hause, damals, als sie ein Kind war und Agnese sie schüttelte und ihr sagte, aufstehen, wir müssen das Brot backen, und sie stand auf und ging ins Bad, vorbei an den Bäumen im Hof, und sie spürte, dass der Sommer da war.

Sie konnte nicht schlafen, Ida, in der ersten Nacht wieder in ihrem eigenen Bett, nach den Schrecknissen in der Höhle. Sie konnte nicht schlafen, und als sie das Gefühl hatte, die Nacht geht zu Ende, stand sie auf, zog sich an, nahm zwei Karaffen und ging zur Marrana. Das Viertel schlief noch zwischen den Feldern, die wohlbekannte Straße erschien ihr lang und gefährlich, überall Geräusche und Dunkel, aber auch wunderschön, im Morgengrauen, das sich ankündigt, der Duft nach Gras und Erde, in der Ferne Lindenbäume und Jasmin.

Bilder steigen in ihr auf aus dem Traum, den sie in den kurzen Etappen Schlaf geträumt hat, zu Hause in ihrem Bett, mit schmerzenden Knochen. Sie träumte, sie sei noch immer in der Höhle und der Wasserstrahl, der von oben herabfiel, sei eine Quelle und sie stellte sich darunter, nackt, dann kamen Agnese und Francesco herein und andere Personen, die sie nicht kannte, und sie sahen sie, nackt, und sie wusste nicht, was sie tun sollte, da war nichts um sie herum, mit dem sie sich hätte bedecken können, und das Wasser floss weiter herab, kraftvoll und laut, und Francesco lachte verächtlich, so schien ihr, und sie betrachtete ihre Brüste und musste weinen.

Plötzlich war sie aufgewacht und hatte Angst, ihr sei wieder dasselbe passiert wie in der dritten Nacht in der Höhle, als sie nach einem unschönen Traum wie diesem, die halbgeöffneten Augen angsterfüllt, gespürt hatte, dass die auf der Puzzolanerde ausgebreitete Decke nass war. Sie hatte lange nicht ins Bett gemacht. Sie dachte, dass ihr das nicht mehr passieren würde, wenn sie groß war, aber manchmal, je nach Situation, geschah es doch. Zuweilen machte sie kurz vor dem Aufstehen ins Bett, weil sie träumte, sie sei schon aufgestanden, habe sich bereits den Schal umgelegt und sei ins Badezimmer gegangen, während sie noch träumte oder auch nicht. Einmal ist es in einer Juninacht passiert, in ihrem Kinderbett, etwas mehr als einen Monat vor ihrem zwölften Geburtstag. Eine Woche lang hatten ihre Mutter und ihr Vater nicht mit ihr gesprochen, seit jenem Tag, und dann die Schreie, die Ohrfeigen und die Scham.

Sie läuft an der Wasserleitung entlang, neben dem feuchten Ackerland, und denkt an jene Momente, vor allem in der Nacht, in der Einsamkeit der Gedanken und im Dunkeln, an jedes Mal, da ihr der Lehrer wieder in den Sinn kam. Und dann geschah es, dass sie alles wiedersah. Von neuem erlebte, und sie lächelte und in ihrem Bauch regte sich etwas, die Liebe, die da gewesen ist, so neu und von Anfang an verdammt, und ihr Mund verzog sich. Die Liebe, Herr Lehrer, zuerst wusste ich nicht, was das ist, weder suchte oder erwartete ich sie. Die Liebe, Herr Lehrer, ist mit Ihrer Stimme zu mir gekommen, mit Ihren hellen Augen und mit den Worten, vielen Worten, Wünschen und Träumen und nichts anderem.

Am letzten Schultag des Jahres, in dem Ida nicht mehr zur Schule ging, dem Jahr, als sie zu Hause unterrichtet worden war und dann nicht mehr, dem Jahr der Blicke und der Träume, ging sie zum Schulausgang, um ihre kleinen Schwestern abzuholen und sie zum Mittagessen zur Großmutter zu bringen. Sie küsste Benedetta und Ines in der Mittagssonne, ihre Wangen schmeckten nach dem leichten Schweiß vorsommerlicher Mädchenspiele. Als sie sich wieder aufrichtete, erblickte sie ihn, und auf ihrem Gesicht erschien ein Lächeln, das anhielt, während er näherkam, sie grüßte und sagte, ich begleite euch, er lief neben ihr, dann verabschiedete er sich von den Schwestern, gab ihr einen Kuss auf die Wange und sagte dabei, viel Glück, Ida, und hab keine Angst, du kannst etwas. Ein Kuss, der nach Verstörung schmeckte und nach dem Vorgefühl einer noch unbekannten Verwirrung und zugleich nach etwas, das zu Ende war, bevor es hatte beginnen können. Das Lächeln aber wich während des gesamten Mittagessens bei Großmutter Lucrezia nicht von ihren Lippen und dauerte an, bis sie nach Hause kam und die Schreie des Vaters von draußen hörte.

Sie war einen Augenblick wie versteinert, folgte aber sofort den Mädchen, die hineingerannt waren, Mama, sagte Ines, was ist denn? Ist es wahr, fragte sie die Mutter, kaum dass sie im Haus war. Sicher ist es wahr, schrie der Vater, wie sollte es nicht wahr sein, ich wusste es, ich wusste es, ich bring ihn um und dich bring ich auch um, komm her, was hast du bloß im Kopf, hast du denn keinen Respekt vor deinem Vater und vor deiner Mutter, was willst du denn, willst du uns umbringen? Die Tränen überwältigten sie, sie konnte nicht einmal fragen, was war denn? Wovon sprecht ihr? Sie wollte es nicht glauben, sie konnte es nicht glauben, was passiert hier, man wird uns in der ganzen Nachbarschaft hören, was habe ich getan? Ein alter Mann, hast du denn keine Selbstachtung? Aber er hat mich doch nur zu Großmutters Haus begleitet, er ist doch mein Lehrer. Glaubst du etwa, es hätten dich nicht alle gesehen? Tust du das, damit man über uns lacht?

Alles erlebte sie noch einmal, einige Nächte lang, und immer weinte sie, und nie hatte man ihr erklärt, was sie getan hatte, nie hatte sie verstanden, worin genau ihr Vergehen bestand, was Schlimmes daran war, sich in jemanden zu verlieben, und diese Liebe hatte es doch nur in ihren Träumen gegeben.

31

Schweigend läuft sie weiter, während sich der Himmel aufhellt, und die Stimmen, die sie näherkommen hört, erinnern sie einen Augenblick lang an die Nachmittage mit Rita und den anderen Kindern des Viertels, dort an der Marrana, einen Augenblick lang, bis ihr der Krieg wieder einfällt und die Deutschen, und in ihr steigt eine Angst auf und sie sagt zu sich selbst, wie konnte ich nur so dumm sein, um diese Zeit allein aus dem Haus zu gehen? Eine der Stimmen ist die jenes Freundes von Antonio, dem sie in der Höhle begegnet ist, mit dem zarten Flaum eines Jungen, der sich noch nie rasiert hat, und er scheint froh zu sein, sie zu sehen, auch wenn er und seine Kameraden ein Gesicht aufsetzen, das ihr, sie weiß nicht warum, einen Schrecken einjagt. Er spricht hastig zu ihr, während die anderen ihm zurufen, komm schon, lass uns gehen, er sagt ihr, du bist immer da, wo du nicht sein solltest, er sagt, geh nach Hause und traue niemandem, er sagt, auch unter den Kameraden sind Spione, gestern erst haben wir einen erwischt, bei dem klar war, dass er angefangen hat, mit den Faschisten zu reden, einer, der Angst gekriegt hat und hingegangen ist, um Dinge zu erzählen, die er wusste, und er sagte, los, wir begleiten dich. Ida fragte, was habt ihr mit ihm gemacht? Und er sieht sie ernst an und verschränkt die Hände, so als halte er eine Pistole, und Ida sagt nichts mehr, vor dem Haus verabschiedet sie sich und geht langsam hinein.

Agnese ist schon in der Küche und fragt, wo warst du? Ida schüttet das Wasser in den Kochtopf und Agnese stellt ihn schweigend auf den Herd, schweigend setzen sie sich an den Tisch vor eine Schüssel und zwei Stück Brot, das etwas hart ist, Ida denkt daran, auf welche Art man sterben könnte, durch die Hand der Deutschen, der Faschisten oder der Partisanen, und sie denkt an die Gerechtigkeit und an eine Ordnung, die die Welt noch nicht finden kann.

Dann sagt sie, die haben Betto umgebracht, und sie fängt an zu weinen, und sie weint mit ihrer Schwester, Arm in Arm, wie sie es nie getan haben, Arm in Arm zusammen weinen, immer Würde und Anstand bewahren, jetzt aber löst sich alles auf in nicht enden wollende Tränen. Und Ida muss an den kleinen Rocco denken und an Franco, der mit den Pantoffeln schlurft, und an Mariuccia, die sie an Signora Adele erinnerte, und so denkt sie auch an Signora Adele, wie lange schon hat sie nicht mehr an sie gedacht, wer weiß, ob sie noch mehr Haare verloren hat, jetzt, wo auch Marozzi tot ist.

Im Vergleich zu Mariuccia aber sprach Signora Adele nur sehr wenig, in den vier Monaten, die sie zu ihr ins Haus ging, einen Tag ja, zwei Tage nicht, anfangs, als sie im Winter zu ihr ging, um sauberzumachen, hatte sie wenige Sätze mit leiser Stimme gesprochen. Signora Adele, die Witwe war und kinderlos, sie brauchte Hilfe im Haus, und sie verlor ihr Haar in der Mitte des Kopfes. Die Rationierung, die geschlossene Schule, sie schien wie gottgesandt, jene Anfrage durch Ercole, der sie in der Druckerei nur zwei Tage beschäftigte, und fast nie konnte er sie bezahlen.

Als Francesco im Juli starb, als sie ihn fanden, mit den Bomben in San Lorenzo explodiert, hatte man Agnese geraten, es nicht zu melden, um seinen Mitgliedsausweis behalten und weiterhin Lebensmittel für drei beziehen zu können, die letztlich nicht einmal für einen reichten. Agnese wollte das nicht, und Ida war stolz darauf, sie war froh über diese Ehrlichkeit, diesen Respekt. Signora Adele war die Schwester der Frau Marozzis aus der Wäscherei in der Via della Palombella, bei ihr fingen die Haare an auszugehen in der Mitte des Kopfes, als ihr Mann im Krieg starb, nicht einmal den Leichnam konnte ich sehen, ihn nicht einmal begraben. Sie lebte in einer Wohnung in der Via del Governo Vecchio, die dunkel und zu groß für sie war und die Ida ein wenig Angst machte. Zu Agnese sagte Ida, dass sie mit der Signora Mittag esse, um ihr ihren Teil an der Essensration zu überlassen, auch wenn die Signora sie nie zum Essen einlud, und sie setzte sich auf eine Bank vor der Kirche von Sant'Antonio, las und versuchte, nicht an den Hunger zu denken.

Eines Tages, es war Ende April, die Sonne schien mild, Glyzinien blühten am Haus gegenüber, ging zufällig Antonio vorbei. Hier traf er sie, lächelte ihr zu und brachte sie in eine Trattoria in der Via d'Ascanio, und natürlich war es das Verdienst des Heiligen, der seinen Namen trug. Ida war noch nie in einer Trattoria gewesen, auch wenn es eine einfache Trattoria war, und noch nie hatte sie diese typisch römischen Dinge gegessen, sogar etwas Wein trank sie. Antonio schien alle zu kennen. Lachend gingen sie hinaus, in Festtagsstimmung, und sie fuhren mit dem Rad nach Hause, den ganzen Weg über Gesicht an Gesicht, lass mich an der Straßenbahnhaltestelle absteigen, denn wenn man uns sieht, oh mein Gott, wenn mich Agnese sieht. Antonios Gesicht ganz nah, seine schwarzen Locken und die Augen, die auf die Straße blickten und lachten, und zuweilen wandten sie sich ihr zu, die Sonne im Gesicht.

Als sie nach Hause kam, fragte Agnese, wo bist du denn gewesen? Warum bist du so rot? Wie verlottert du aussiehst. Ida ging und betrachtete sich im Wohnzimmerspiegel, und sie fand sich schön, das Gesicht ein wenig gerötet von der Sonne und vom Wein und von der Liebe, die sie noch nicht verstand. Sie dachte an sich selbst als Kind, neun oder zehn Jahre alt, und immer an der frischen Luft, kaum dass die Sonne schien, und sie mochte es, sie im Gesicht zu spüren, auf den Armen, auf den Beinen, noch sagte man ihr nicht, dass es sich nicht schickte, sich zu sonnen. Manchmal, vor allem im Mai, im Juni, wenn nach dem Mittagessen alle im Haus schliefen außer Agnese und Großmutter Peppina, die nähten und sich wer weiß was erzählten, ging Ida in den Hinterhof und streckte sich in einem zwischen zwei Myrten versteckten Winkel aus und blieb so, um die Sonne in sich aufzunehmen, und sie schob sich ein wenig den Rock hoch, denn sie mochte die Wärme und die Farbe, die ihre Haut annahm, es gefiel ihr unter der Sonne, eine geröstete Olive.

Wer weiß, ob Antonio mich noch lieb hat.

32

Irgendjemand muss es jetzt Mariuccia und Franco sagen, dass Betto tot ist, das einzige Kind, das sie hatten. Ida denkt an die wenigen Male zurück, die sie zu ihnen nach Hause gegangen ist, und Rocco war aufgewacht, und als Erstes hatte er geweint, ein leises Weinen, das er mit sich trug, als er aus dem Bett stieg und in die Küche kam und das ein bisschen anschwoll, als er Ida und Rita sah, das aber verstummte, als die Großmutter ihn auf den Arm nahm und zu ihm sprach und ihn streichelte, und dann machte sie ihm etwas zu Essen. Er kam ihr groß und stark vor, wie ein Kind aus der Zeit vor dem Krieg. Es gefiel ihr sehr, dieses Kind, die hellen Haare und das große runde Gesicht, in dem plötzlich ein Lächeln erstrahlte, und als es losplapperte, traten aus den Augen heitere Blitze. Ida nahm es in den Arm und dachte an ihre jüngeren Schwestern, als sie noch so klein waren und sie auf sie aufpasste, sieben oder acht Jahre alt muss sie gewesen sein, ein wenig älter, als die Schwestern jetzt waren, und damals schienen sie ihr besser als die Puppen, die sie nicht hatte. Sie dachte auch, wie sehr sich Agnese einen solchen Morgen gewünscht hätte, an dem man über das Kind sprach, auf das Kind aufpasste, aber es war nicht gekommen.

Wenn die Sonne aufgeht und der Morgen anbricht, geht Agnese aus dem Haus und stellt sich nach Brot und allem anderen an, Ida, es ist besser, wenn du zu Hause bleibst, und mach das nicht mehr, dass du allein irgendwo hingehst. Ida aber, mit schweißnassen Händen, fühlt eine Wut in sich aufsteigen, die, sie weiß nicht wo, aufgekeimt ist in diesem Knäuel der Gedanken, von Antonio über die Amerikaner, die nicht kommen, und die Nazis und die Faschisten bis hin zu ihrem Vater und ihrer Mutter, wer hat sie ihre jungen Jahre so leben lassen, und es war nicht gerecht, die Jahre, die immer die besten sind in den Büchern, die sie las, und beinahe hätte sie gedacht, dass Agnese Recht hatte, dass Francesco Recht hatte, dass die Bücher schuld waren, die sie las, und die Flausen, die sie ihr in den Kopf setzten.

Sie denkt an Micol und an jenen Samstagmorgen, an dem sie am Schuleingang vor der Bäckerei auf sie gewartet und sie überredet hat, nicht hineinzugehen, und Rita war erzürnt und fast beleidigt, und wie sie ins Zentrum spazieren gegangen sind, mit Micol, die ihr die Monumente und die Kirchen erklärte. Uniform und Sportstunden an den Samstagmorgen waren ihr mit der Zeit unerträglich geworden, die boshafte Lehrerin und die verschwitzten Kameradinnen, alle mit perfektem Körper, wie ihr schien, in jenem Herbst und dann im Winter, in dem sie nicht einmal mehr wusste, wie sie sich bewegen sollte und laufen, und im Frühling hatten sie Arme wie aus Samt gemessen an ihren eigenen, behaarten. Schön müsst ihr sein, Mädchen, schön, damit ihr einen ernsthaften starken jungen Mann findet, der euch heiratet, schön, damit ihr schöne Kinder bekommt, mit gesundem Körper, denn, wie man weiß, fehlt es der Frau ein wenig an Verstand, aber der Körper muss schön sein, hört ihr, schön sollt ihr sein und lächeln. Micol, die nicht am faschistischen Samstag teilnahm, fragte sie, wie sie das aushalte, und sie fingen an, sich Röcke anzuziehen, die ihre Mutter als junges Mädchen getragen hatte und die die Distanz zu ihren Kameradinnen noch vergrößerten und sie hässlicher machten und unmodischer, und sie waren stolz darauf. Die Szenen, die Agnese wegen dieser Kleidungsstücke machte, und Francesco, der sie verächtlich ansah. Micol, meine Freundin, wärest du doch hier bei mir.

33

Nach dem Mittagessen hört Ida Agnese murmeln, so als spräche sie mit sich selbst, ohne hinwegzukommen über Betto, über Bettos Tod, über Bettos Verrat, wer hat ihn denn nur dazu gebracht, wer hat uns dazu gebracht, und wenn sie uns finden, und wenn er auch über die Nachbarin gesprochen hat, über uns, das Ende, das uns allen bevorsteht. Sie verbringt den Tag in Anspannung und Wut, wütend ist sie auch auf Ida, und das den ganzen Tag lang. Den ganzen langen, sonnigen Samstag über ist sie voller Angst und in Gedanken, und Ida stört sie, ohne zu wissen, was sie tun soll.

Sie denkt daran, wie sie einmal mit Rita zu Mariuccia und Franco gegangen ist und wie sie auf dem Rückweg bei Ritas Großmutter vorbeigingen, die seit dem 17. April, seit dem Tag, an dem sie die Menschen einen nach dem anderen fortgebracht hatten, auch ihren Mann Vito, das Haus nicht mehr verließ. Es war ein trauriger und kummervoller Besuch, so anders als an jenem Weihnachten, dem ersten Weihnachten im Krieg, als sie und Agnese zum Mittagessen zu ihr gegangen waren, um nicht allein zu sein, denn Francesco war seit Anfang Dezember im Auftrag des Ministeriums in Cagliari und würde erst nach dem Dreikönigsfest zurück sein. Großvater Vito war Ida sympathisch, mehr als die Großmutter. Für Ida war es ein seltsames und schönes Weihnachten. In einer Familie zu feiern, die nicht die eigene war, sie und Agnese ohne Francesco, der Krieg, den wir fast vergessen hätten heute, denn es ist Weihnachten und Rom ist ganz weiß vom Schnee, es ist unglaublich. Den ganzen Morgen über waren sie heiter und ausgelassen, seit Agnese sie im Morgengrauen fröhlich geweckt hatte, es hat geschneit, Ida, steh auf, der Schnee. Ida hatte noch nie Schnee gesehen. Anfangs schmolzen die Flocken, dann wurden sie immer größer, immer weißer legten sie sich auf die Dinge, immer friedlicher und stiller. Die Lust, ihn mit den Händen zu berühren, darauf zu laufen und ihn in den Mund zu nehmen. Jetzt wird es lustig, meinte Agnese, mit der Kälte und der nassen Kleidung, denk an die Menschen in den Baracken und auf den Straßen. Die Kirche von San Felice war am Morgen des 25. Dezember 1940 voller Menschen und voller Tränen, Gebete und Hoffnungen, dass er bald endet, dieser Krieg, diese Kälte, dieser Hunger, dass das Weiß, das der Himmel uns schickt, ein Zeichen des Friedens sein möge, hatte Don Pietro vom Altar aus gesagt, und Ida wollte unbedingt daran glauben.

Als sie in Richtung Quadraro ging, die Wiesen um sie herum weiß glänzend, ließ sie sich die Flocken ins Gesicht und in den Mund fallen, und sie musste lachen, und ihr war danach, mit jenem Stimmchen zu sprechen, mit dem sie ihre kleinen Schwestern zum Lachen gebracht hatte, ihr war danach, mit den weißen Flocken zu sprechen, fliegt weiter, kommt herab, bleibt liegen, schmelzt noch nicht. Agnese, die Pfanne mit der Pasta und der Tomatensoße in den Händen, murmelte vorwurfsvoll. Als sie im Haus von Ritas Großeltern angekommen waren, formten ihre kleinen Cousins und Cousinen und Annina feste weiße Kugeln und bewarfen sich damit, auf die abgetragenen Mäntelchen zielend, auch Ida hatte eine geformt und damit Rita beworfen, die sich in der Tür zeigte und genauso begeistert war wie sie.

Ein seltsames Weihnachten für Ida und auch für die anderen, mit diesem Schnee, mit dem man die stillsten Dinge tun und denken konnte und der das Fest auch vor jenen düsteren Gesprächen gerettet hat, die in Ritas Familie zwangsläufig aufgekommen waren: Ivano, Renata, Faustino und Annina, die Großeltern, die Tanten Marina und Flora und deren Kinder. Die Gespräche über die Onkel Piero und Sergio, die ihr Weihnachten im Krieg verbrachten. Und Ivano dankte, jeden Tag dankte er Gott, an den er nicht glaubte, für den Arbeitsunfall, der ihm das Bein ruiniert hatte, weshalb sie ihn nicht als Soldat gewollt hatten. Und dass sein Sohn noch zu jung war. Renata kam es am Ende so vor, als sei ihre Mutter fast beleidigt und wütend, man weiß nicht auf wen, wegen dieses Schwiegersohns, den der Krieg verschonte, während er ihre eigenen Kinder verschlungen hatte. Das Reden über jenes ärmliche Weihnachten, so als ob nicht einmal Freitag wäre. Alles musste man mit Marken kaufen, die Butter, das Öl, die Pasta und auch den Reis, von allem gab es so wenig für all die Menschen. Die Gespräche am Tisch, die immer gegen die Faschisten gerichtet waren. Zum ersten Mal hörte sie hier offen schlecht über den Duce reden und den Krieg, den er gebracht hatte. Sie blieb wachsam und dachte, wenn jetzt Francesco da wäre, und sie sah Agnese an, die nichts sagte und immer wieder zum Fenster blickte, ob nicht jemand von der Straße aus zuhörte.

Nach dem Mittagessen stießen sie mit etwas süßem Wein an, von dem auch die Frauen und die Kinder nippten, wonach sie gleich wieder hinausrannten, um im Schnee zu spielen, gestärkt nicht zuletzt durch die innere Wärme, die vom Wein kam, während Ivano und Vito nach den Spielkarten griffen und die Frauen das Geschirr vom Tisch abräumten. Ida und Rita aber wollten unbedingt einen Spaziergang ins Stadtzentrum machen, denn sie wollten das in Weiß getauchte Rom sehen, das Pantheon und das Kolosseum, bitte, bitte, bitte. Und dann war es um den Schnee im Zentrum schlecht bestellt, längst fand man nur noch schmutzige kleine Schlammhäufchen an den Straßenrändern, von den vielen Füßen all derer beiseitegetreten, die in die Kirche gegangen waren und anschließend zum Mittagessen bei Verwandten, von Pferdehufen, Hundepfoten. Das Kolosseum sah fast so aus wie immer, und die Füße wurden hoffnungslos nass.

Hüpfend und springend kamen sie nach Centocelle zurück, Dunkelheit breitete sich um die Berge bei Tivoli aus, ihre Wangen waren rot und sie lächelten wie kleine Mädchen und sagten allen auf der Straße, frohe Weihnachten und alles Gute und frohe Weihnachten Ihnen. In der Nacht bekam Ida Fieber, erst schwitzte sie und ihr war heiß, dann fror sie, aber sie verheimlichte es Agnese, um sich nicht anhören zu müssen, ich hatte dich ja gewarnt.

Vito brachten sie vier Jahre später weg, aus seinem Haus im Quadraro, an jenem Tag mit der Säuberungsaktion, auch wenn er alt war und schlecht lief, und er trug noch seinen Morgenrock. Der Morgen hatte um fünf Uhr begonnen, mit dem schweren Geräusch des Todes und der Schritte, das niemand wieder vergessen hat, an dem die Mütter die Namen ihrer Kinder riefen und niemand aus dem Haus gehen durfte, denn wer aus dem Haus geht, wird erschossen. Die Stimmen der verzweifelten Mütter, die sich alle gleichen. Die Großmutter blieb allein zurück, und jeden Tag kamen die Schwiegertöchter zu ihr, die Frauen von Piero und Sergio, ihrer Söhne, die die besten Freunde von Ivano gewesen und nie aus dem Krieg zurückgekehrt sind.

Sie, Marina und Flora, die Frauen von Piero und Sergio, fingen an, Straßenbahn zu fahren wie ihre Ehemänner vor dem Krieg, auch wenn sie weniger verdienten, und Marina hoffte noch immer, dass er eines Tages heimkehren würde, ihr Mann, der vermisst war und den sie nicht tot nennen wollte.

34

Ganz langsam ist Agnese eingeschlafen, und sie schlief wie seit Monaten nicht mehr, zwischen den Tränen, und Ida kam es wie der längste Nachmittag der Welt vor. Noch immer denkt sie daran, wie sie Weihnachten gefeiert hatten, als sie noch ein Kind war, an die helle Vorfreude und die Trostlosigkeit danach, als alles vorbei war, es zerriss sie im Inneren, wie das Fleisch, das man einschneidet, um daraus Geschnetzeltes zu machen. Viel lieber als Weihnachten war ihr Ostern gewesen, denn mit ihm verband sich die Freude über das Ende des Winters, und da gab es die duftenden Blumen, die man in die Zweige für den Palmsonntag hineinflocht.

Fünf Jahre zuvor war Francesco auf seinem Rückweg von der Messe schnurstracks in die Via dei Castani eingebogen, um einen Wermut zu trinken, und Agnese hatte gefragt, basteln wir etwas aus Palmzweigen? Ida wollte mit Rita spazieren gehen, aber der Vorschlag, nach Hause zurückzukehren, mit den Märzwolken am Himmel, und die Palmzweige für den kommenden Sonntag zu schmücken, an dem Don Pietro sie zusammen mit den Olivenzweigen auf dem großen Platz vor der Kirche segnen würde, und Ida den neuen, leichteren Rock tragen könnte, erfüllte sie mit einer solchen Begeisterung, dass sie es nicht erwarten konnte anzufangen. Von den

Palmen nahmen sie die Blätter aus der Mitte, die mit dem intensivsten Grün, und wickelten sie so zusammen, dass sie Spiralen, Flechtwerk und Ballen bildeten. Die Palmzweige zu formen, war immer schon ein Fest, und sie sei die beste unter den Schwestern, sagte ihr heimlich Großmutter Peppina, die wirklich sehr geschickt darin war, hatte sie doch der Priester persönlich gebeten, einen für ihn anzufertigen, und es sollte der größte von allen sein. Zwischen die Spiralen und das Flechtwerk wurden Freesien in unterschiedlichen Farben eingewoben, der Duft aber war jedes Jahr derselbe, es war der Duft nach Ostern und nach Frühling. Zur Segnung am Palmsonntag brachte man Olivenzweige nach Rom, das jedenfalls hatte ihr Agnese gesagt, da auch sie im Jahr zuvor nur einen Olivenzweig aufgebracht hatte, aber dann tat es ihr so leid, das ganze Jahr hat sie mir gefehlt, Ida, die gesegnete Palme, die man zum Trocknen an der Wand aufhängt. Dieses Jahr hat sie mir Onkel Nando mitgebracht, und eine machen wir für sie, denn seine Frau schafft es nicht wegen dieses Problems mit den Händen, und auch die Tochter kann es nicht, die Arme ist ja hier geboren, eine machen wir für Don Pietro, vielleicht nicht ganz so groß wie die von Großmutter Peppina für Don Bastiano, eine für die Nachbarin und eine für uns.

Es war nur, dass sie beim Vorbereiten der Palmen, während die Henne im Wecker auf der Anrichte mit dem Schnabel klapperte und die Wolken am Himmel vorbeizogen, mit der Kälte und dem Regen, ganz allmählich traurig und melancholisch wurden. Das leere Haus ohne Stimmen, ohne dass sie, die sich seit Monaten nicht verstanden, ein Wort miteinander gewechselt hätten. Agnese stand auf und setzte einen Topf Wasser auf, wenn das Kind da wäre, gäbe es diese Stille nicht, die Stille ist da, weil das Kind nicht da ist, das Kind würde weinen und dann sprechen und wir hätten viele Dinge zu bereden, denn wir würden über das Kind reden, Francesco wäre wieder zärtlich zu mir, und Ida hätte mehr zu tun und würde weniger herumstreichen und hätte nicht all diese Flausen im Kopf. Heilige Muttergottes, warum schenkst du mir kein Kind? Ida hatte innegehalten und die Augen zusammengekniffen, hatte sie gesagt, wir machen später weiter? Sie stand auf, um der Schwester zu helfen, wartete, bis es fünf Uhr war und sie der Familie von Onkel Nando einen Besuch abstatten würden, um ihm den Palmzweig zu bringen, und auf dem Weg würden sie an Antonios Haus vorbeikommen, Maria ich bitte dich, lass mich ihn nur einen Moment lang sehen.

Jede Nacht bat sie Maria darum, die heilige Jungfrau und Muttergottes, der sie ihre Geheimnisse und Träume anvertraute, seit zu Hause der Sturm ausgebrochen war wegen Antonio und der Trattoria an der Piazza dei Mirti, in jenem Sommer, in dem sie sich begegnet sind. Es war der zweite Sturm, der losgebrochen ist, seit sie Frau war, sosehr sie auch noch Mädchen sein mochte. Dieser Sturm allerdings schien ihr harmloser, weil sie stolzer war, weil Francesco und Agnese nicht ihre Eltern waren und vielleicht auch, weil sie ihr am Ende geglaubt hatten, dass es ein Zufall gewesen ist, dass sie nicht wusste, wer diese Leute waren, welche Partisanen denn, und Antonio, nein, wann denn, ich habe ihn doch eben erst kennengelernt. Vielleicht hatten sie ihr geglaubt, jedenfalls gab es weder Strafen noch sonst große Szenen, nur dass sich zwischen ihnen eine Art Nebel gebildet hat, fein, aber dicht. Eine Zeitlang, so hatte sie beschlossen, war es besser, wenn sie sich nicht sahen, wenn sie es herausfinden, bringen sie mich wirklich um, oder sie schicken mich nach Hause. Immer wieder drohte ihr

Francesco, ich schicke dich nach Hause, sie hasste es, wenn er ihr drohte, sie war schrecklich, diese Drohung, ausgesprochen von deinem Schwager, der dich in seinem Haus beherbergt, und er sagt es, obwohl seine Frau deine Schwester ist, aber seine Frau spricht nicht in solchen Fällen, sie sieht Ida zärtlich an, man versteht, dass ihr diese Sätze ihres Mannes nicht gefallen, aber sie sagt nichts, und Ida hasste auch sie ein wenig. Dann änderte sich alles, als Francesco starb, ein Jahr ist vergangen, und der Krieg scheint vorbei zu sein, aber in Wirklichkeit hat er Einzug gehalten in ihr Haus.

35

Bei Rita zu Hause, am selben Samstagmorgen jenes 3. Juni, schläft Faustino nach dem Mittagessen im Sessel ein, und Rita, am Fenster, denkt an die Monate, die kommen und ohne Krieg sein würden. Sie hört das leise Schnarchen des Bruders, der Arme, denkt sie, vierzehn Jahre ist er alt und fünf davon nur Hunger und Angst, und alle in diesem schwarzen Dunst, der uns umhüllt. Renata verbringt einige Stunden im Quadraro bei der Mutter, und Ivano, längst haben sie sich daran gewöhnt, dass Ivano nicht da ist, auch wenn er Rita manchmal schrecklich fehlt, ihr Vater, sie hat keine Angst, es kommt ihr ganz unwahrscheinlich vor, dass ihm etwas zugestoßen ist, aber er fehlt ihr, gemeinsam mit ihm zu Abend zu essen, seine laute Stimme zu hören und seine Ratschläge.

Annina malt am Küchentisch, ihr Gesicht hat wieder Farbe bekommen, es scheint ihr wirklich besser zu gehen, Rita gibt ihr einen Kuss und sagt ihr, sie solle ruhig warten, denn Fausto wache gerade auf, und dann bringt sie die schmutzige Wäsche zur Marrana, die Bettwäsche und das Krankenhemd, und sie weiß, dass sie nie sauber genug wird, in dem stinkenden Wasser und mit dem bisschen Seife, aber sie weiß, dass es notwendig ist, damit das Mädchen wirklich gesund wird. Am Fluss singt sie leise, Liebster, Liebster, Liebster, Liebster mein, hell ist der Himmel und die Blumen drum herum, in deinem Arm vergess ich all meinen Kummer, das Wasser an ihren Armen ist angenehm, ich will bei dir bleiben, sonst sterbe ich. Und ich, wer weiß, wann ich mich verliebe, wann ich einem Mann begegne, mit dem ich eine Familie gründen kann, vielleicht Aldo, mit diesen Lippen, wenn er mich nur ansähe, wenn er mich doch je angesehen hätte, wenn er nicht zu klein wäre für mich.

Auf dem Rückweg macht sie einen größeren Umweg und geht an Idas Haus vorbei. Sie denkt daran, hineinzugehen und ihr Guten Tag zu sagen, aber alles scheint verriegelt, sie werden sich noch ausruhen. Auf der Straße sind nur Frauen und Kinder.

Als sie in die Via dei Castani einbiegt, sieht sie weit hinten Leute, eine Gruppe, und sie hört Schreie. Instinktiv verlangsamt Rita ihren Schritt und versucht genauer hinzusehen, es sind vor allem Frauenstimmen, aber auch eine Männerstimme scheint darunter zu sein, oder zwei, und langsam kommt sie näher und hört nun auch besser, die Männer, das ist ihr auf einmal klar, sind Deutsche, denn sie erkennt auch ihre Uniformen. Sie hört sie schreien, und da sind Töne voller Angst und Schmerz, sie bekommt Gänsehaut an den Armen, was passiert hier, die Deutschen, und noch immer schreien sie, auch die Frauen, Kinder, scheint ihr, und als sie die Schüsse hört, sind ihre Füße plötzlich wie versteinert, wie in die Straße eingesunken. Die Schreie werden lauter, und andere Frauen rennen herbei, die Treppen herunter, und auch sie fängt an zu rennen, und ein Schrei, ein Schrei ist lauter als die anderen, länger auch, und es kommt ihr so vor, als sei es die Stimme ihrer Mutter. Sie kommt angerannt und umarmt sie von hinten, und als sie da ist, erkennt sie ihn sofort, den auf der Erde ausgestreckten Körper Faustinos.

Das Blut am Bauch, aus der Nase. Die Augen nach oben gerichtet, die toten Augen Faustinos. Sie sieht sie nicht, die beiden Deutschen, zwei Jungen auch sie, gerade mal ein bisschen älter, die schnell weglaufen und die Frauen anrempeln, eine von ihnen versucht sie aufzuhalten, aber sie rennen in Richtung Tor de' Schiavi, und auch sie fallen, einer mit dem Gesicht nach unten, der andere sich abrollend. Zwei Schüsse aus einem Winkel zwischen zwei Häusern, gezielt. Das Blut am Bauch, aus der Nase. Sie weiß nicht, dass ihr Vater Ivano von einem Fenster in einem Dachboden aus alles beobachtet, zusammen mit Gino, und er rennt hinunter, verfolgt sie und schießt. Rita umarmt ihre Mutter, während diese versucht, den Jungen an sich zu pressen, ihren toten Jungen, Faustino, vierzehn Jahre alt, jetzt, wo der Krieg vorbei ist, Faustino. Ich kann dich nicht anfassen, mein Bruder, dich ansehen, tot, mein Bruder. Sie hört die Frauen schreien, ohne sie zu hören, Rena', was für eine Tragödie, Rena', dieser Junge, was wollten die hier, die zwei, sie haben sich verlaufen, es ist klar, Fausto wollte wohl den Helden spielen, der Arme, weil sein Vater ihn nicht mitkämpfen ließ, weil er noch so jung war, er wollte auch etwas tun, diese beiden Deutschen, sie sind einfach vorbeigekommen, der arme Junge, wer hat uns das angetan, Rena', was für eine Tragödie. Dann sah sie die Hände einer Nachbarin, wie sie Anna emporhoben, was macht die Kleine hier, Annina, sieh nicht hin, sieh ihn nicht an, deinen toten, ermordeten Bruder, das hat dir gerade noch gefehlt. Rita sah die geblümten Taschentücher auf dem Kopf, Hände im Wind, wir müssen ihn aufheben, waschen, begraben, und vielleicht auch dankbar sein, dass wir ihn hier haben und er nicht in den Gräben liegt, wo sich ein Körper über den anderen stapelt. Oh die Mütter dieser beiden Deutschen, die warten werden und die vergeblich warten werden.

36

Ida und Agnese verbringen den Abend bei Rita, und mit ihnen das ganze Viertel, Faustinos Körper liegt auf dem Bett ausgestreckt, Annina klammert sich stumm an Renata, die eng umringt ist von den Schwiegertöchtern, und immer nur sagt, nicht Fausto, nicht Fausto, nicht Fausto. Irgendjemand ging los, um Ivano zu informieren, aber man hat ihn nicht gefunden. Der Schmerz kennt keine Grenzen, denkt Ida, er kennt kein Ende, Faustino, und ich habe wohl keine Tränen mehr, so kommt es ihr vor, der Schmerz, eine Truhe aus dunklem Holz, die so voll ist, dass sie sich nicht mehr schließen lässt.

In der Nacht ist keiner von ihnen in der Lage zu schlafen, und als am darauffolgenden Morgen, am Sonntag dem 4. Juni, das Licht zum Fenster hereinkommt, hört man Schreie von der Straße, und Ida und Agnese haben Angst, noch immer Angst. Agnese, die Nachbarin sieht herein, sie sind da Agnese, sie haben uns befreit, Agnese, kommt raus. Sie gehen auf die Straße, fast rennend, Agnese mit den Händen im Haar. Mein Gott, wer hat es dir gesagt, woher weißt du das, Herrgott ich kann es nicht glauben und wo sind diese Amerikaner? Sie sind in der Via Prenestina, Agnese, überall sind sie, die Deutschen fliehen, sie gehen nach Hause.

Sie bleiben vor der Tür stehen und diskutieren, die Sonne beginnt auf dem Kopf zu brennen, ist es wahr, ist es nicht wahr, was machen wir, wohin gehen wir. Andere

Nachbarn kommen hinzu, gehen wir sie suchen, jemand geht nach Hause zurück, Ida und Agnese fühlen eine Heiterkeit, von der sie nicht wissen, ob sie ihr trauen sollen, diese süße Stille am Morgen, die Berge bei Tivoli im Hintergrund, und Rom, das so schön ist. Agnese sagt, ich gehe, und Ida bleibt regungslos vor dem Haus stehen und weiß nicht, was sie tun soll. Mein Haus, kommt Ida in den Sinn, seit wie vielen Jahren nun schon, und wenn dieser Krieg wirklich vorbei ist, pflanze ich eine Mimose hinter dem Zaun.

Das Haus in der Via dei Pioppi erinnert sie daran, wie sie sich manchmal, in der ersten Zeit, auf den Gipfel eines Hügels gesetzt hatte, mit der tiefen Vier-Uhr-Nachmittagssonne im Rücken, und es betrachtete. Links stehen drei weitere Häuser, abgeteilt durch Beete und Gärten, bis zur Via dei Castani. Rechts kein einziges, nur Felder bis hin zur Marrana. Ein vereinzelter Mandelbaum, der an einem Nachmittag Ende Oktober seine Blätter verlor. Zum Mittagessen teilte Agnese einen Granatapfel, mit jenem langsamen Ritual von Schnitten, die die Form von Kornspitzen bildeten, die Mutter nannte sie Hähnchen, die Körner waren von einem farblosen Rot, in deren Innerem sich ein weißer Samen befand, der so groß war, dass man sie nicht essen konnte. Man sieht, dass sie hier eben so sind, die Granatäpfel. Zu Hause im Dorf hatten sie drei Bäume, die so reich an Früchten waren, dass die Mutter ganze Kisten damit füllte, als die Äpfel begannen aufzuspringen und sie sie reif nannte, noch bevor sich Vögel und Mäuse darüber hermachten. Die Körner waren blutrot und fast ohne Samen, und Ida gab fast immer einen auch den Hühnern. Der Hahn fraß sie direkt aus der Hand, wenn sie ihn sich auf die Schulter setzte. Da war diese Wehmut, für die sie keinen Namen hatte und die sie ganz plötzlich überwältigte.

An manchen Winterabenden in Centocelle schickte man sie los, um Besorgungen zu machen, denn vielleicht war gerade etwas ausgegangen, die Kohle, oder sie hatten vergessen Milch zu kaufen, fünf Uhr nachmittags war es schon dunkel und sie hatte Angst, diese Straßen entlangzugehen, deshalb rannte sie fast und sah sich immer wieder um, nach den Monstern und Gespenstern und Geistern, die hätten kommen können, und der alleinstehende Mandelbaum dort hinter ihrem Haus war ihr ein Trost, als gäbe er ihr die Gewissheit, ich bin da, ich habe es geschafft.

Auf der Straße sieht Ida all die Menschen, die in Richtung Via Prenestina gehen, und auch sie kann nicht warten und geht mit, ungläubig und bestürzt, und da sind sie, diese amerikanischen Soldaten, blond auch sie, aber mit sanften Stimmen, in Festtagsstimmung, und da sind noch andere Soldaten, die wer weiß woher kommen, mit verschiedenen Uniformen und Gesichtern, alle aber werfen sie den Kindern bunte Päckchen zu, irgendwer spielt Musik, ein richtiges Fest ist daraus geworden, aus dem Stegreif, im Morgengrauen. Sie läuft zwischen dem Staub und den Menschen umher, bleibt stehen und grüßt und lässt sich umarmen, Onkel Nando mit seiner Frau, verblüfft und vergnügt, Don Pietro, Don Pietro umarmt sie fest, wir haben es geschafft, Ida, es ist wirklich vorbei, und sie denkt an Rita, die nicht mit zum Feiern hinuntergekommen ist, an Rita, Renata und Annina, die sich mit ihrem Schmerz im Haus eingeschlossen haben, und an Ivano, von dem sie nicht wissen, ob er weiß, dass sein Faustino gestorben ist. Sie denkt an ihre Mama, ihren Vater und die Schwestern, sie möchte nach Hause, um ihnen einen Brief zu schreiben, und dann sieht sie sich um und sucht nach Agnese. Sie denkt an Micol, meine

Freundin, wo bist du? Du kannst jetzt zurückkommen. Und wieder denkt sie an Rita, die nicht gekommen ist, um mit den amerikanischen Soldaten zu sprechen und sie zu fragen, warum sie so lange gebraucht haben, warum nicht einen Tag früher, gestern noch aß Faustino mit mir zusammen zu Mittag, dann schlief er auf dem Sofa ein. Sie sieht Agnese mit Ginos Mutter und Gino, mit dem Gewehr am Hals, und sie reden laut und fuchteln mit den Armen, vielleicht weint Agnese. Und Ida geht zu ihnen und fängt an, die Sätze zu verstehen, Betto, sie sprechen über Betto, und ihr kommt in den Sinn, wie sehr er sie zum Lachen gebracht hatte, und Rocco und Mariuccia und Franco, und sie denkt an den Krieg, der zu Ende ist, aber all die Toten, die er hinterlassen hat. Mutlosigkeit überkommt sie, als sie an die Tage denkt, die noch bevorstehen, und man muss von vorn anfangen, ohne zu wissen, wo man anfangen soll.

Dann blickt sie sich um und sieht Antonio, die lockigen schwarzen Haare, wie er lachend auf einen amerikanischen Panzer steigt. Ihre Beine zittern und sie sieht ihn so lange an, bis er es bemerkt, sie hat den Eindruck, das Lächeln verschwindet einen Moment lang aus seinem Gesicht, dann steigt er ab und nähert sich ihr.

Ich heirate, sagt er ihr mitten im Staub der Via Prenestina, bei einem so schönen Himmel, das ganze Viertel um sie herum, die Gesänge, dass man einen Augenblick lang vergisst, dass Krieg war, die Toten und alles andere. Er sagt, ich heirate, aus dem Nichts, und er ist nervös und schwitzt und als sie sich ihm nähern will, ändert sich sein Gesichtsausdruck. Da fragt ihn Ida, was hast du? Ich heirate, sagt er noch einmal, und sie lächelt, ohne es zu merken, dann hellt sich ihre Stimmung auf, du heiratest mich, versteht sie, ohne Fragezeichen, und zumindest einen Augenblick lang ist sie wie betäubt vor Freude, und sie gibt ihm keine Antwort auf eine nicht gestellte Frage, ich heirate, sagt Antonio, und sie lächelt, und er denkt, sie ist so gut, Ida, aber er ist auch ein wenig enttäuscht, weil sie kein bisschen eifersüchtig ist, nicht einmal traurig, und er wiederholt, ich heirate Rosa Saracino.

Traurig wollte er sie vielleicht nicht sehen, Antonio, denn im Grunde hatte er sie ja auch gern. Aber es war vor allem die Traurigkeit, die Ida bis ins Innerste ergriff, wie eine Reise, auf der alles schiefgeht, und das Ende ist nicht abzusehen. Kaum hat er wiederholt ich heirate und hinzugefügt, Rosa Saracino, fühlt Ida vor allem Erstaunen. Das Gesicht ist wie versteinert, nur die Nasenflügel bewegen sich beim Atmen.

Was hat Antonio gesagt? Aber wir sind doch verlobt. Wir sind nicht verlobt, Ida, so habe ich dir das nie gesagt. Aber du bist auf mich zugekommen, Antonio, du hast auf mich gewartet an der Straßenbahnhaltestelle, auch wenn ich nicht mit dir gesprochen habe, du hast gesagt, dass du dich in meinen Augen verlierst, dass es dir so gut geht mit mir, dass du wissen möchtest, was ich denke, du hast mir gesagt, ich kann dich nicht ansehen, denn deine Augen verhexen mich, du hast es mir im Scherz gesagt, aber du hast es gesagt, unser Kind, unser Kind wird schwarze Haare haben wie du und lockige wie ich, hast du zu mir lachend gesagt, aber du hast es gesagt, du hast auch gesagt, wenn wir alt sind, werden wir uns immer an dieses Fahrrad erinnern und es wird uns an diese Nachmittage erinnern, du hast gesagt, unsere Kinder werden in einem freien Land leben, du hast gesagt, wir kämpfen für sie. Wenn es nicht unsere waren, wessen Kinder waren es dann?

Vielleicht sagt Ida auch nur, aber du, und alles andere bleibt verschlossen, in irgendeinem Winkel ihres Herzens.

Sie senkt den Kopf und dreht sich um, vielleicht spricht Antonio noch immer, sie dreht sich um und geht. Sie geht die Via delle Betulle entlang, und überall sieht sie Menschen, die reden und lachen, alle sind auf den Straßen, niemand grüßt sie, sie sieht sie und sieht doch niemanden, sie geht in Richtung Via Casilina, und dann weiter, sie geht, Staub in den Augen, sie geht, kehrt zum Mandrione zurück, die Lindenbäume riechen schon faul. Ihre Tränen schmecken wie immer und doch wie nie zuvor, die Schluchzer, schluchzend weinen, dass man vor Tränen nichts mehr sieht, wie alt bist du eigentlich? Hast du nicht genug Schlimmes erlebt, um über so etwas jetzt so zu weinen? Wie, so etwas? Er war eben jemand Besonderes, einer, den du liebtest, weil es keinen anderen gab, der ihm glich, dass du deine Zeit mit ihm verbringen wolltest, dass es schien, dass es wirklich so schien, als liebte er dich auch. Er sagte dir Dinge, er ließ dich spüren, dass du auch etwas Besonderes bist, etwas, das in seinen Augen glänzte. Jetzt heiratet er, sagt er, und du bist es nicht. Das ist alles.

Der Duft der Linde ist so stark und süß, dass ihr übel wird. So weinen, sagte sie sich, durfte man für nichts anderes auf der Welt als für die Toten, die Trauer, die eingestürzten Häuser, die verschwundenen Freundinnen, noch mehr Tote, noch mehr Schmerz, und jetzt auch Faustino. Aber Antonio sagt, ich heirate, ich heirate Rosa Saracino, ich heirate, aber du bist es nicht, und es war dieselbe große Trauer in ihr, dasselbe Gefühl von Leere und Verlassenheit. An einer Kreuzung weiß sie nicht, wohin sie abbiegen soll. Sie hat sich die Straßen Roms einverleibt, in diesen Jahren, sie weiß selbst nicht, wie, aber ab und an ist sie überrascht, wenn sie sich dennoch verläuft, wenn sie die Orientierung verliert. Sie denkt, hier drehe ich um. Oder hier, vielleicht mache ich bloß einen größeren Umweg. Sie denkt, verlaufe dich doch. Sie denkt, die Deutschen könnten noch unterwegs sein. Sie läuft immer weiter, die Sonne brennt ihr heiß auf dem Kopf.

Dank

Ich bedanke mich bei meinen Freundinnen und Freunden, bei denen, die die Tage mit mir verbringen, und auch bei jenen, die vergangene Tage mit mir verbracht haben, und danke an Elisa.

Ich bedanke mich bei den Städten, die mich aufgenommen haben, und bei meiner Insel, die nicht aufhört, es zu tun. Bei den Hunden, die mich getröstet und erheitert haben, und bei einigen Katzen. Ich bedanke mich vor allem bei meinen Eltern, Aurelio und Raffaela, und bei meinem Bruder Flavio.

Danke an alle, die die Geschichte der Resistenza erzählen wollten und deren Arbeiten die Grundlage dieses Romans sind, danke vor allem an all jene, die dabei gewesen sind damals, und an jene, die es noch heute sind, Tag für Tag.

Italienische Literatur bei Wagenbach

Paola Gallo und Dalia Oggero (Hrsg.)
A Casa Nostra *Junge italienische Literatur*

Was haben sie uns heute zu erzählen, die jungen italienischen Autoren? Schreiben sie über politische Zustände oder ziehen sie sich ins Private oder Lokale zurück? Die spannende Bestandsaufnahme eines überfälligen literarischen und gesellschaftlichen Aufbruchs in ein anderes Italien.

Quart*buch*. Gebunden mit Schutzumschlag. 208 Seiten

Stefano Benni Brot und Unwetter *Roman*

Jeder, der auch nur einmal in Italien war, weiß, dass die Bar Sport ein zentraler gesellschaftlicher Ort ist. Jeder, der sie betritt, nimmt am sportlichen Leben teil, also an Streitereien und an Diskussionen über den allgemeinen Erzfeind, den Staat.

Aus dem Italienischen von Mirjam Bitter
WAT 714. 320 Seiten

Ascanio Celestini Schwarzes Schaf *Roman*

Ascanio Celestini hat den Irren zugehört, ihren Geschichten, ihren Wahrheiten, Phantasien und Geistesblitzen. Ein Liebhaber der schwarzen Schafe.

Aus dem Italienischen von Esther Hansen
Quart*buch*. Gebunden mit Schutzumschlag. 128 Seiten

Mario Desiati Zementfasern *Roman*

Ein Dorf im tiefen Süden Italiens, in dem nach und nach nur noch Frauen und Kinder leben. Die Männer mussten weggehen. Bleiben werden Mimi und ihre Tochter Arianna, die beim nächsten Patronatsfest trotzdem nicht allein sind.

Aus dem Italienischen von Annette Kopetzki
Quart*buch*. Gebunden mit Schutzumschlag. 288 Seiten

Junge Literatur bei Wagenbach

Orfa Alarcón Königin und Kojoten *Roman*

Was als Romanze beginnt, wird in einer Gesellschaft, in der Geld und Statussymbole wichtiger sind als alles andere, schnell zu einem Spiel auf Leben und Tod. Und Fernanda, die Heldin dieses furiosen Romandebüts, spielt mit.

Aus dem mexikanischen Spanisch von Angelica Ammar
Klappenbroschur. 192 Seiten

Arthur Larrue Wojna *Roman*

In diesem sprühenden Roman zeigt Arthur Larrue mit viel Komik ein sehr ernstes Bild des heutigen Russlands, in dem sich mutige Künstler furchtlos gegen die rigide Staatsmacht auflehnen.

Aus dem Französischen von Max Stadler
Klappenbroschur. 112 Seiten

Owen Martell Intermission *Roman*

Zwei Brüder. Zwei musikalische Talente. Ein Klavier. Und eine Familie, die nur über Musik kommuniziert.

Aus dem Englischen von Anke C. Burger
Klappenbroschur. 160 Seiten

Eva Roman Siebenbrunn *Roman*

Welf ist weg. Und zwar endgültig. Jeanne bleibt zurück, allein im kalten Gutshaus und hilft sich jeden Tag von neuem selbst auf die Füße. Ein nachdenklicher Roman über Abschiede, Erinnerungen und den mutigen Trotz des Weiterlebens.

Klappenbroschur. 128 Seiten

Die italienische Originalausgabe erschien 2012 unter dem Titel *Dove finisce Roma* bei Giulio Einaudi editore in Turin.

Umschlaggestaltung: Julie August. Gesetzt aus der Impact und Excelsior. Vorsatzmaterial von peyer graphic GmbH, Leonberg. Gedruckt auf chlor- und säurefreiem Papier (Schleipen) und gebunden bei Pustet, Regensburg.

ISBN 978 3 8031 3258 1